DISCARD

Heredero perdido
Lynn Raye Harris

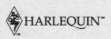

HARLEQUIN™

Editado por HARLEQUIN IBÉRICA, S.A.
Núñez de Balboa, 56
28001 Madrid

© 2009 Lynn Raye Harris. Todos los derechos reservados.
HEREDERO PERDIDO, N.º 2055 - 2.2.11
Título original: Cavelli's Lost Heir
Publicada originalmente por Mills & Boon®, Ltd., Londres.

I.S.B.N.: 978-84-671-9583-5
Depósito legal: B-1053-2011
Editor responsable: Luis Pugni
Preimpresión y fotomecánica: M.T. Color & Diseño, S.L.
C/ Colquide, 6 portal 2 - 3º H. 28230 Las Rozas (Madrid)
Impresión y encuadernación: LITOGRAFÍA ROSÉS, S.A.
C/ Energía, 11. 08850 Gavá (Barcelona)
Fecha impresion para Argentina: 1.8.11
Distribuidor exclusivo para España: LOGISTA
Distribuidor para México: CODIPLYRSA
Distribuidores para Argentina: interior, BERTRAN, S.A.C. Vélez
Sársfield, 1950. Cap. Fed./ Buenos Aires y Gran Buenos Aires,
VACCARO SÁNCHEZ y Cía, S.A.
Distribuidor para Chile: DISTRIBUIDORA ALFA, S.A.

Capítulo 1

EL PRÍNCIPE heredero Nico Cavelli, del Reino de Montebianco, se sentó ante un antiguo escritorio del siglo XIV y revisó una pila de documentos que su secretaria le había llevado. Una mirada a su reloj le indicó que le quedaban unas horas antes de tener que vestirse y asistir a una cena de estado para celebrar su compromiso con la princesa de un país vecino.

Nico se aflojó el cuello de la camisa. ¿Por qué la idea de casarse con la princesa Antonella le hacía sentir como si se estuviera ahogando?

Recientemente, muchas cosas habían cambiado en su vida. Hasta hacía un par de meses, era un joven príncipe playboy. Un príncipe con una nueva amante cada semana y con nada más interesante que hacer que decidir a qué fiesta acudir cada noche. Aunque no era del todo cierto, era así como a la prensa le gustaba describirlo. Había permitido que lo hicieran para que tuvieran escándalos que publicar. Cualquier cosa por desviar su atención de su hermano.

Gaetano había sido el mayor, el delicado, el legítimo, el hermano al que Nico había pasado su infancia protegiendo. Al final no había podido protegerlo de sí mismo de su decisión de lanzarse al vacío de un acantilado con su Ferrari.

Echaba mucho de menos a Gaetano. A su vez, estaba enfadado con él por haber elegido aquel final, por no haber podido enfrentarse a sus demonios y por no haber confiado a Nico aquel secreto que había guardado durante años. Nico habría movido montañas por Gaetano si lo hubiera sabido.

—¡Basta! —se dijo Nico en voz alta y se concentró en los papeles.

Nada le devolvería a Gaetano. Ahora, él era el príncipe y, aunque era ilegítimo, la Constitución de Montebianco, le permitía heredar. En la actualidad, y con la medicina moderna, no había ninguna duda de su origen: los hombres Cavelli siempre parecían sacados del mismo molde.

Sólo la reina Tiziana se mostraba contraria al nuevo estatus de Nico. Aunque siempre había reprobado su vida. Nada de lo que hiciera le parecía bien. Había intentado agradarle de niño, pero siempre lo había ignorado. Ahora de adulto, lo entendía. Su presencia le recordaba que su esposo le había sido infiel.

Después de la muerte de su madre, Nico se había mudado a vivir al palacio y la reina lo había visto como una amenaza. El hecho de que ahora fuera el príncipe heredero no hacía más que intensificar el dolor, recordándole lo que había perdido. En homenaje a su hermano estaba dispuesto a cumplir su deber como príncipe heredero como mejor pudiera. Era la mejor manera de honrar la memoria de su hermano.

Unos golpes en la puerta lo sacaron de sus pensamientos.

—Pase.

—El comandante de la policía ha enviado un mensajero, Alteza —dijo su secretaria.

—Lo recibiré —replicó Nico.

Un minuto más tarde, un hombre uniformado apareció e hizo una reverencia.

–Su Alteza Serena, el comandante os envía sus saludos.

Nico contuvo su impaciencia mientras el hombre recitaba los saludos rituales y sus deseos de buena salud y felicidad.

–¿Cuál es el mensaje? –preguntó algo irritado, una vez cumplidas las formalidades.

A pesar de que supervisar a las fuerzas policiales era uno de sus deberes como príncipe heredero, era un cargo más simbólico que otra cosa. Había algo extraño en que el comandante quisiera comunicarle algo.

Ridículo. Debía de ser la pérdida de su libertad lo que le hacía tener aquella sensación de incomodidad.

El hombre se echó la mano al bolsillo interior y sacó un sobre.

–El comandante me ha ordenado que os informe de que hemos recuperado algunas estatuas antiguas que habían desaparecido del museo. Y que os diera esto, Alteza.

Nico tomó el sobre y el hombre se quedó atento mientras el príncipe abría el sobre.

Esperaba encontrar una hoja de papel en el interior, pero en su lugar había una fotografía de una mujer y un niño. Al ver el cabello rubio, los ojos verdes y las pecas de su nariz, reconoció a la mujer al instante y se lamentó de que su relación no hubiera durado más. Su mirada se detuvo en el niño.

De pronto, una furia corroyó sus adentros. No era posible. Nunca había sido tan descuidado. Él nunca haría a un niño lo que le habían hecho a él. Nunca concebiría un hijo y lo abandonaría. Debía de ser una trampa, una maniobra para avergonzarlo en vísperas de su compromiso, un plan para conseguir dinero. Aquel niño no podía ser suyo.

Su cabeza empezó a dar vueltas. Había pasado poco tiempo con ella y tan sólo le había hecho el amor una vez. ¿Se acordaría si algo no hubiera ido bien? Por supuesto que sí, aunque el niño tenía el físico inconfundible de los Cavelli. Nico no pudo apartar la mirada de aquellos ojos fiel reflejo de los suyos, mientras desdoblaba el papel. Al final, consiguió fijar su atención en las palabras manuscritas del comandante.

–Llévame a la cárcel. Ahora.

Lily Morgan estaba desesperada. Se suponía que sólo iba a pasar un par de días en Montebianco y ya llevaba tres. Su corazón latía con tanta fuerza en sus oídos que casi esperaba tener un ataque al corazón. Tenía que volver a casa con su pequeño, pero las autoridades no parecían dispuestas a dejarla marchar y sus ruegos para hablar con el consulado americano habían sido desoídos. Hacía horas que no veía un alma. Lo sabía porque todavía tenía su reloj, aunque le habían quitado el teléfono móvil y el ordenador portátil antes de llevarla allí.

–¡Hola! –gritó–. ¿Hay alguien ahí?

Nadie contestó. No oyó más que el eco de sus palabras contra el revestimiento de piedra de la vieja fortaleza.

Lily se dejó caer en el colchón de la fría y húmeda celda, y se llevó la mano a la nariz. No iba a llorar, otra vez no. Tenía que ser fuerte por su hijo. ¿La estaría echando de menos? Nunca antes lo había dejado. No lo habría hecho, pero su jefe no le había dado otra opción.

–Julie está enferma –le había dicho acerca del único escritor sobre viajes del periódico–. Tenemos que ir a Montebianco y acabar ese reportaje en el que estaba trabajando para la edición del aniversario.

–¡Pero si nunca he escrito un artículo de viajes!

Lo cierto era que nunca había escrito nada más interesante que algún obituario en los tres meses que había estado trabajando en el periódico. Ni siquiera era periodista, aunque esperaba llegar a serlo algún día. La habían contratado para trabajar en el departamento de publicidad, pero dado que el periódico era pequeño, hacía otras funciones cuando era necesario.

La única razón por la que el *Port Pierre Register* tenía un periodista dedicado a escribir artículos de viajes era porque no sólo Julie era la sobrina del editor, sino porque sus padres eran los dueños de la única agencia de viajes de la ciudad. Si estaba escribiendo sobre Montebianco, sería porque en breve habría alguna oferta para viajar a aquel destino.

Pero la sola idea de viajar a Montebianco, había hecho que a Lily le temblaran las piernas. ¿Cómo iba a ir a aquel reino mediterráneo sabiendo que Nico Cavelli vivía allí?

—No tienes que escribirlo, querida. Julie ya ha hecho casi todo el trabajo. Ve, haz algunas fotos, escribe lo que se siente estando allí, ya sabes, esa clase de cosas. Pasa un par de días en el país y luego, cuando vuelvas, acabad juntas el artículo. Ésta es tu oportunidad para demostrar lo que vales.

Lily no había podido arriesgarse a perder su trabajo. No sobraban empleos en Port Pierre y no tenía garantías de poder encontrar otro en poco tiempo. Necesitaba el sueldo para pagar la renta y pagar su seguro médico. Cuando se quedó embarazada, tuvo que dejar la universidad. Había pasado los dos últimos años, saltando de un empleo a otro, haciendo cualquier cosa para poder cuidar a su bebé. Su trabajo en el periódico era una buena oportunidad y un paso adelante para ella. Quizá algún día pudiera volver a clase y acabar los estudios.

No podía poner en peligro el futuro de Danny negándose. De niña, se había perdido muchas cosas cuando su madre se había quedado sin trabajo y más aún cuando lo había dejado todo por volver a huir con su padre, todo un mujeriego. Ella no le haría eso a su hijo. Había aprendido a no confiar en nadie más que en ella.

No le había quedado más remedio que aceptar el encargo y se había convencido de que la probabilidad de cruzarse con el príncipe era mínima. Dejaría a su hijo con su mejor amiga, pasaría dos días en Castello del Bianco y luego tomaría un avión de vuelta a casa. Así de sencillo.

Pero nunca se había imaginado acabar en la celda de una cárcel. Su única esperanza era que alguien denunciara su desaparición y que el consulado americano rastreara sus movimientos dentro del reino.

Un estruendo hizo que Lily se pusiera de pie. Su corazón latió con fuerza. Lily se agarró a los barrotes y miró hacia la oscuridad del corredor. Se oían unos pasos. Una voz dijo algo y enseguida fue silenciada por otra. Tragó saliva y se quedó a la espera. Al cabo de lo que le pareció una eternidad, un hombre apareció entre las sombras, pero en la oscuridad no pudo distinguir sus rasgos. El hombre se detuvo bajo la pálida luz que se filtraba por una ranura en la pared y no dijo nada.

El corazón de Lily se detuvo, mientras las lágrimas volvían a amenazar. No podía estar allí. El destino no podía ser tan cruel.

No pudo articular palabra mientras él se acercaba a la luz. Era tan guapo como se le veía en las revistas y como recordaba. Llevaba el pelo negro más corto y vestía pantalones oscuros y una camisa de seda abierta encima de una camiseta. Sus ojos azules se fijaron en ella, desde aquel rostro que parecía cincelado por un artista.

¿De veras había creído que era tan sólo un estudiante de Tulane cuando lo conoció en Mardi Grass? ¿Cómo había sido tan inocente? No había manera de que aquel hombre pudiera ser equivocado por algo que no era. Se trataba de una persona privilegiada que se movía en un círculo diferente al suyo.

–Dejadnos –le dijo al hombre que tenía al lado.

–Pero Alteza, no creo que...

–*Vattene via.*

–*Si, mio principe* –contestó el hombre en el dialecto italiano que se hablaba en Montebianco y se alejó por el corredor.

–Está acusada de intentar sacar del país antigüedades –dijo él fríamente, una vez el eco de los pasos del otro hombre desaparecieron.

–¿Cómo?

De todas las cosas que había imaginado que diría, aquélla no figuraba entre las posibles.

–Dos estatuillas, *signorina*. Un lobo y una dama. Fueron encontrados en su equipaje.

–Eran unos *souvenirs* –dijo incrédula–. Se los compré a un vendedor callejero.

–Son unas piezas de valor incalculable del patrimonio de mi país, que fueron robadas hace tres meses del museo.

Lily sintió que las rodillas se le doblaban.

–¡No sé nada de eso! Quiero irme a casa.

Su pulso retumbó en sus oídos. Todo era muy extraño, tanto la acusación como el hecho de que parecía no reconocerla. ¿Cómo podía mirarla y no caer en la cuenta?

El príncipe Nico se acercó más. Tenía las manos hundidas en los bolsillos mientras la miraba. Sus ojos fríos no transmitían nada. No había en ellos ni rastro de amabilidad, sólo arrogancia y un sentimiento de autoridad que la sorprendía. ¿De veras había pasado horas hablando con aquel hombre?

Sin pretenderlo, se recordó tumbada bajo él, sintiendo su cuerpo dentro del suyo. Todo había sido muy nuevo para ella. La había tratado con gran ternura, haciéndola sentir querida y especial.

Ahora, aquel recuerdo parecía una ilusión lejana.

Bajó la mirada, incapaz de mantener el contacto visual. No podía mirarlo porque se sentía triste por su hijo. No se había dado cuenta de ello hasta estar cara a cara con el príncipe y reparar en que Danny era la viva imagen de su padre.

—Me temo que eso es imposible.

Levantó la cabeza y sus ojos volvieron a llenarse de lágrimas. No, tenía que ser fuerte.

—Tengo que volver a casa. Tengo obligaciones, personas que me necesitan.

—¿Qué personas, *signorina*? —preguntó el príncipe.

Lily sintió un vacío en el estómago. No podía hablarle de Danny en aquel momento.

—Mi familia me necesita. Mi madre depende de mí.

Hacía más de un año que no veía a su madre, pero él no lo sabía.

—¿No tiene marido, Lily? —dijo estudiándola, interesado.

El oír su nombre fue como sentir la caricia de sus dedos en su piel: estremecedor, inesperado y delicioso. En un primer momento pensó que debía de haberla reconocido, pero nada en su comportamiento indicaba que lo hubiera hecho. Debía de haber obtenido la información de la policía.

Se sentía como una tonta por haber creído otra cosa. Pero ¿por qué estaba allí? ¿De veras visitaba la cárcel un príncipe cuando alguien era acusado de robo? Había algo que no lograba comprender.

—No —dijo ella.

No podía mencionar a Danny. El temor por su bebé amenazaba con abrumarla. Si Nico se enteraba de que tenía un hijo, ¿le quitaría a su bebé? No había duda de que tenía el poder y el dinero para hacerlo. Se aferró a los barrotes, poniendo todos sus sentimientos en sus palabras.

—Por favor, Ni... Alteza. Por favor, ayudadme.

—¿Por qué espera que la ayude?

Lily tragó el nudo que se le había formado en la garganta.

—Nos conocimos en Nueva Orleans hace dos años. Entonces, fuisteis amable conmigo.

Si esperaba que cayera en la cuenta, se sintió decepcionada. Él se mantuvo distante, indiferente.

—Siempre soy amable con las mujeres.

Su voz sonó suave e intensa como el chocolate, y fría como el hielo.

Lily sintió que el rostro le ardía. ¿Cómo podía estar allí hablando con el hombre que era padre de su hijo sin saberlo? Había hecho bien al dejar de buscarlo una vez supo que era algo más que un hombre normal llamado Nico Cavelli. Todavía recordaba la sorpresa al descubrir quién era realmente. El príncipe Nico de Montebianco no era otra cosa que un playboy, un personaje de la alta sociedad internacional que en una ocasión había recalado en Nueva Orleans. No se acordaba de ella, ni sentía nada por ella, por lo que no le importaría Danny.

Al igual que su padre, que no se había preocupado por su madre o por ella. Era impresionante lo ignorante que había sido, lo cegada que había estado por su encanto. Lo cierto era que no le había mentido acerca de su identidad, pero no le había dicho la verdad. Había sabido su nombre y de dónde era, pero no se había enterado de que era un príncipe hasta más tarde. Una vez había tomado lo que quería de ella, la había abandonado a su suerte. Aquella última noche, había pasado dos horas bajo la lluvia esperándolo. Le había prometido que iría, pero nunca había aparecido.

Antes de que pudiera pensar qué decir, sacó algo del bolsillo de su camisa y se lo dio. La fría máscara desapareció y en su lugar apareció una expresión de ira que la habría asustado de no haber sido por los barrotes que los separaban.

–¿Qué significa esto? ¿Quién es este niño?

El corazón de Lily se encogió. Sacó una mano por entre los barrotes y trató de tomar la foto de Danny y ella, pero el príncipe la apartó. Un lamento escapó de su garganta antes de que pudiera evitarlo. Habían abierto sus maletas como si fuera una vulgar ladrona y revisado sus cosas. Lo peor de todo era que conocía su secreto.

–¿Quién es? –preguntó el príncipe de nuevo.

–Es mi bebé. Dadme eso –le rogó, sacando la mano entre los barrotes–. Es mío.

–No sé qué piensa que pasará ahora que he visto esto, pero no funcionará, *signorina*. Ésta es una manera burda de intentar chantajearme y no lo permitiré –dijo con voz amenazante.

–¿Chantajearos? ¿Por qué iba a hacerlo? No quiero nada de vos. Lo único que quiero es irme a mi casa.

Lily cerró los ojos, tratando de calmarse. Su cabeza daba vueltas. Nico no sabía nada con certeza. Tenía que dejarle claro que no quería nada de él. Si no se sentía amenazado, quizá la ayudara a salir de aquel sitio.

¿Por qué se había preocupado de que le quitara a su bebé? Él no era la clase de hombre que se interesaría por su hijo. Tenía muchas amantes y ya tendría varios hijos. Solía ignorar las revistas de cotilleos, pero cuando veía un titular sobre Nico no podía evitar prestar atención. Por eso sabía que estaba a punto de casarse.

Una extraña sensación la invadió. ¿Cómo se sentiría su futura esposa acerca de sus aventuras amorosas? Estaba convencida de que había tomado la decisión correcta al no ponerse en contacto con él en los dos últimos años. Danny se merecía un padre mejor que él. No quería que su hijo creciera como lo había hecho ella, con un padre que tan sólo aparecía en su vida cuando le convenía.

–¿Qué está haciendo en Montebianco? –le preguntó en tono de desconfianza y sospecha–. ¿Por qué ha venido aquí, sino para intentar chantajearme?

–Estaba recabando información para un artículo de un periódico –respondió, tratando de controlar su temperamento–. ¿Para qué iba a querer haceros chantaje?

–No juegue conmigo, *signorina* –dijo guardándose la foto en el bolsillo–. Espero que esté cómoda, Lily Morgan, porque va a pasar tanto tiempo en esa celda como el que me lleve averiguar la verdad.

–Ya os he dicho que me ha enviado mi jefe. ¡No hay ninguna otra razón por la que haya venido aquí!

–¿No quiere decirme que este niño de la foto es mío? ¿No ha venido hasta aquí para eso, para pedir dinero?

Lily se rodeó con sus brazos. Estaba temblando y apartó la mirada.

–No. Quiero irme a casa y olvidar que os conozco.

–No sé a qué está jugando, señorita Morgan, pero le aseguro que descubriré la verdad.

Cuando se apartó y se fue por el corredor, ella permaneció en silencio. De nada le hubiera servido decir algo. El príncipe Nico no tenía corazón.

Nico llegó a sus habitaciones del palacio y mandó llamar a su asistente. Una vez dio la orden de averiguar todo acerca de la señorita Margaret Lily Morgan, salió a la terraza y contempló la ciudad que se extendía bajo sus pies. Había sido una sorpresa descubrir que usaba su segundo nombre en vez del de pila. Eso explicaba por qué no había encontrado pista de ella cuando lo había intentado un par de años antes.

El encuentro lo había afectado más de lo que estaba dispuesto a admitir. Lily Morgan no era lo que esperaba. No era la chica dulce y tímida que recordaba. Su Liliana era pura y delicada como una flor. La noche en prisión debía de haberla asustado y se había mostrado feroz y decidida.

Pero ¿decidida a qué?

No lo sabía, pero no la dejaría allí otra noche. Se sentía consternado de que hubiera pasado allí la noche, sin su conocimiento. Nico frunció los labios, disgustado. Tenía sentido que la vieja fortaleza siguiera utilizándose como cárcel, pero las condiciones podían ser mejoradas. Era otra de las cosas que debía cambiar ahora que era príncipe heredero.

Sacó la foto de su bolsillo y la sujetó entre los dedos sin mirarla. La fotografía había sido alterada, de eso no había duda. No era la primera vez que le mostraban una mentira como aquélla. La prensa solía mostrarlo en sitios en los que no había estado o con gente con la que no había coincidido.

Aun así, era la vida que había elegido para proteger a Gaetano. Nico se pasó una mano por el pelo. Podía soportarlo, siempre había podido soportarlo. Enviaría a la señorita Lily Morgan a América.

No era la primera vez que le presentaban una reclamación de paternidad, aunque nunca había sido de aquella manera. Lily no había mencionado al niño hasta que él no le había enseñado la foto. Pero ésa debía de ser su intención. ¿Cuál otra si no?

Levantó la foto, la estudió y sintió una sensación que nunca antes había experimentado. A diferencia de los niños que dos de sus antiguas amantes habían afirmado ser hijos suyos y cuyas demandas habían sido desestimadas, aquél tenía un gran parecido a los Cavelli.

Recordaba muy bien que se había sentido cautivado por ella, pero no tanto como para olvidar hacer el amor con precauciones. Era tan necesario para él como comer o dormir. Había sido fruto de un desliz y no quería ser el motivo de que un niño sufriera como él lo había hecho. Cuando tuviera hijos, serían legítimos, deseados y queridos.

Pero ¿y si aquellas precauciones habían fallado por algún motivo? ¿Sería posible? ¿Era él el padre de aquel niño? Si así era, ¿cómo podía haberlo mantenido apartado de su hijo durante tanto tiempo? No, no era posible. Si algo hubiera pasado con el preservativo, se acordaría. El niño no podía ser suyo, por mucho que fuera el parecido. Tenía que ser un truco fotográfico.

Dejó la foto en una maceta. No se dejaría engañar por aquella mujer. Pronto sabría la verdad. Esa noche, formalizaría su compromiso con la princesa Antonella, en un intento por unir Montebianco y Monteverde, honrando el compromiso que su familia había hecho a los Romanelli cuando Gaetano estaba vivo. Antonella Romanelli era una mujer muy guapa y sería feliz teniéndola como esposa.

Nico dio la espalda al paisaje y se dirigió hacia las puertas que daban a la terraza. Apenas había dado unos pasos cuando se detuvo vacilante. Maldiciendo entre dientes, volvió a tomar la foto y la guardó junto a su corazón.

Capítulo 2

LILY se incorporó en el catre, asustada. ¿Dónde estaba? ¿Por qué tenía tanto frío?

Unos segundos más tarde, recordó. La fina manta con la que se protegía no abrigaba lo suficiente. Se pasó las manos por el pelo y se levantó, abrazándose para resguardarse de las húmedas paredes mientras la noche caía sobre la ciudad. ¿Cómo había conseguido dormirse después de su encuentro con Nico? Le escocían los ojos y estaba cansada. Su cabeza retumbaba. Había llorado tanto que tenía migraña, aunque ya se le estaba pasando. El sueño le había ayudado a aliviarla.

El súbito sonido de la puerta metálica al fondo del corredor la sobresaltó. Su corazón se desbocó y retrocedió hasta la pared de la celda. Una bombilla le proporcionaba la escasa luz con la que contaba y entrecerró los ojos para distinguir en la oscuridad del otro lado de los barrotes. Una figura apareció y metió una llave en la cerradura. La puerta se abrió justo cuando distinguió el uniforme de un agente de la policía de Montebianco.

—Venga conmigo, *signorina* —dijo el hombre.

—¿Adónde me lleva?

—Vamos —dijo el hombre, poniéndose en marcha.

El policía la condujo hasta las estancias iluminadas que había sobre las viejas celdas. Antes de que pudiera acostumbrarse a la luz, había salido al frío de la noche.

Una limusina se detuvo junto a la salida y un chófer uniformado le abrió la puerta.

Lily titubeó.

—Por favor —le dijo el policía, señalándole el coche.

Se quedó pensativa mirando hacia las puertas de hierro que daban a la calle. Por allí no había vía de escape, así que se subió al coche mientras consideraba otras posibilidades. La puerta se cerró tras ella y un minuto más tarde el coche se mezcló con el tráfico. Sus preguntas acerca de dónde iban no traspasaron el cristal que la separaba del conductor, así que se acomodó en el asiento de cuero y contempló las luces de la ciudad mientras planeaba su escapada.

Lily tomó la manilla de la puerta con su mano húmeda. Cuando el coche se detuvo en un semáforo, tiró con la pretensión de huir y desaparecer en la noche antes de que el conductor pudiera parpadear. La puerta estaba cerrada. Tiró con fuerza una y otra vez, pero no pudo abrir. El conductor ni siquiera se giró a mirarla. El coche se puso en marcha de nuevo y unas lágrimas de frustración asomaron a sus ojos.

Enseguida pasaron bajo un arco y entraron en un patio. El coche se detuvo. Lily respiró hondo antes de que su puerta se abriera. No estaba dispuesta a mostrarse desesperada. Era más fuerte de lo que Nico se imaginaba. Tenía que serlo.

Un hombre vestido con un uniforme colorido le hizo un gesto. Fue entonces cuando cayó en la cuenta de que habían llegado al palacio Cavelli, la fortaleza árabe que se ubicaba en el punto más elevado de la ciudad. Rodeada de muros blancos, desde allí se disfrutaba de unas increíbles vistas sobre el mar. No había dejado de contemplarla durante dos días, preguntándose si Nico estaría allí y si alguna vez pensaba en ella.

Sin perder el tiempo fue conducida a través de una puerta y una serie de pasillos hasta llegar a una puerta doble dorada. El guardia del palacio llamó a la puerta y dijo algo en italiano. Unos segundos después, una voz contestó y las puertas se abrieron.

Al cruzar el umbral, Lily sintió que la sangre se le subía a la cabeza. La estancia estaba llena de arcos árabes, mosaicos, antigüedades, artesanías de valor incalculable y tapices. Sólo los adornos de oro eran suficientes para pagar la universidad de Danny, fuera cual fuese la universidad que escogiese para estudiar. Al reparar en todo aquello, no pudo evitar sentirse abrumada.

Las puertas se cerraron tras ella y, al girarse, su mirada se encontró con la del hombre que entraba desde una habitación contigua. Si pretendía intimidarla, lo estaba consiguiendo. Era alto y fuerte e iba vestido con un brillante uniforme que la sorprendió por su formalidad. Una banda roja caía desde su hombro derecho hasta su cintura. El uniforme era oscuro, negro o azul marino, con adornos dorados. De su pecho colgaban medallas y llevaba un sable sujeto a un costado. Alzó las manos y se quitó los guantes blancos mientras ella lo miraba boquiabierta. Los dejó en una silla, junto a un gorro que hasta entonces no había visto.

Desesperada, Lily intentó construir la imagen del estudiante que había conocido en Nueva Orleans. Por aquel entonces, solía sonreír mucho. ¿Cómo podían ser la misma persona? ¿Acaso tenía un hermano gemelo?

Deseó haber sabido más de él. Su conocimiento se limitaba a lo que había leído en las revistas de cotilleos y en las páginas de famosos de Internet. Se había negado a averiguar más una vez había descubierto lo mal que lo había juzgado. ¿Qué beneficio iba a sacar estudiando su biografía si no iba a volver a verlo? Lily Morgan saliendo con un príncipe. Sí, aquello sonada francamente divertido.

—Esto es lo que vamos a hacer –dijo él fríamente–. Quiero que me diga la verdad y luego podrá llamar a su amiga Carla.

—Quiero llamarla ahora –afirmó Lily, sorprendida de que supiera el nombre de su mejor amiga–. Debe de estar muy preocupada y quiero asegurarme de que mi hijo está bien.

—Todo a su tiempo, *signorina* –dijo Nico levantando una mano–. Primero conteste a mi pregunta y luego podrá llamar.

Lily estaba cansada y dolorida después de no haber logrado dormir en la fría celda de la prisión. La cabeza le daba vueltas. Su paciencia estaba al límite y le daba igual si era un príncipe con el que estaba hablando.

—O la llamo ahora o no responderé a ninguna pregunta.

—No me ponga a prueba, *signorina* –dijo mirándola con fastidio–. No está en situación de hacerlo, ¿no le parece?

—¿Qué haréis si no, encerrarme en la mazmorra? –preguntó Lily, alzando la barbilla.

—Quizá. Traficar con antigüedades robadas es un delito muy serio en Montebianco. Aquí, nos tomamos muy en serio nuestro patrimonio.

—No he robado nada. Si habláis con el vendedor callejero, sabréis la verdad.

—Estamos teniendo ciertas dificultades para dar con él. Por no mencionar que los vendedores callejeros no suelen vender piezas de arte como si fueran simples baratijas.

—Estáis mintiendo.

Aquel hombre tenía un puesto en el mercado. No podía ser tan difícil localizarlo.

–Le aseguro que no miento. Parece que ha desaparecido, si es que alguna vez existió.

La bravuconería de Lily desapareció bajo la arrogante seguridad del príncipe. Estaba demasiado cansada para discutir y demasiado preocupada por su hijo como para poner su ingenio a la altura de aquel hombre de sangre fría. Quería acabar con aquello cuanto antes.

–Quiero que me diga si ese niño es mío.

–¿Qué clase de pregunta es ésa? –preguntó susurrando.

–Es la clase de pregunta que ha de contestar con sinceridad si quiere seguir en libertad –respondió él con mirada centelleante.

–¿A esto lo llama libertad?

–Lily –dijo él.

Su voz tenía un tono de desesperación. ¿O acaso era dolor?

Ella tragó saliva y bajó la mirada a las baldosas del suelo. Su corazón latía con tanta fuerza que se sentía mareada. Había llegado el momento de reconocer la verdad, un momento que nunca creyó que llegaría. ¿Era posible que sintiera algo por Danny y por ella? ¿Los ayudaría? ¿Sería un padre para el pequeño?

Por supuesto que no. Iba a casarse con una princesa y no iba a cambiar sus planes porque tuviera otro hijo ilegítimo. Quizá le diera dinero para mantener a Danny, pero Lily sabía que todo tendría un precio. Había cuidado de sí misma desde los quince años y seguiría cuidando de Danny y de ella, sola. No estaba dispuesta a aceptar limosnas de Nico.

Un dedo le hizo levantar la cabeza. No se había dado cuenta de que se había acercado tanto. Aquel roce le trajo recuerdos que creía haber olvidado. Sus ojos azules eran cautivadores. En una ocasión, había querido perderse en ellos.

—¿Qué importa? —preguntó ella tratando de controlar el pánico que la invadía.

—¿Es mío ese niño?

En apenas unos segundos, un montón de posibilidades se le pasaron por la cabeza. Pero sólo había una respuesta.

—Sí —susurró.

Se quedó inmóvil mientras él dejaba caer la mano. Un segundo más tarde, ensortijó un mechón del pelo de Lily entre sus dedos.

—Recuerdo este pelo. Sigue siendo tan suave como la seda —dijo él.

Se acercó aún más, deteniéndose a escasos centímetros. La empuñadura de su espada la rozó a la altura de las costillas.

—¿Lo recuerdas? —preguntó ella y enseguida se arrepintió.

Él bajó la mirada a su boca, deteniéndose el tiempo suficiente para hacer que se sintiera excitada. ¿La habrían besado con tanta intensidad como él la había besado? Ella se quedó mirando sus labios, recordando la primera vez que los había rozado. Recordó también cómo su lengua había jugueteado con la suya, cómo la intensidad de aquel beso había dado paso a algo más profundo que los había dejado a ambos faltos de aliento y cordura.

Olía muy bien, a cítricos, especias y a la calidez de las noches mediterráneas. Deseaba abrazarlo, besarlo de nuevo y descubrir si lo que había sentido por él había sido real o una casualidad.

—Te recuerdo —dijo él.

Por un segundo, pensó que iba a besarla. Él se apartó y se quitó la espada. La dejó en el suelo, junto a la silla con el resto del atuendo, antes de que se diera la vuelta y fijara su mirada en ella.

—Recuerdo que nos conocimos en Jackson Square cuando un carterista intentó robarte el bolso. Recuerdo encontrándonos tres noches seguidas frente a la catedral. Y sobre todo, recuerdo la última noche. Mardi Grass. Aún eras virgen.

Lily se acercó a un lujoso sofá y se sentó en él, consciente de que no se había duchado desde el día anterior y de que probablemente olía a la humedad de la celda. Sus piernas eran incapaces de seguir soportándola.

—Pero cuando viniste a la cárcel...

Su voz se entrecortó al recordar lo frío y cruel que se había mostrado con ella.

—Esto es lo que vas a hacer: vas a llamar a tu amiga Carla y le pedirás que lleve al niño al aeropuerto. Lo entregará a una mujer que trabaja para mí, se llama Gisela...

—¡No! —dijo Lily poniéndose de pie—. No voy a pedirle a Carla que entregue mi hijo a una extraña...

—Nuestro hijo, ¿verdad, Lily?

—Deja que vuelva a casa y nunca más volverás a saber de mí. Lo prometo —dijo con más atrevimiento del que sentía.

—No puedo hacer eso, *signorina* —dijo él, irritado—. Ya sé la verdad. Nuestro hijo nació hace unos diecisiete meses, el veinticinco de noviembre, en un pequeño hospital de Port Pierre, Luisiana. El parto duró veintidós horas y la única persona que estuvo junto a tu cama fue Carla Breaux.

—¿Por qué me preguntaste si era tuyo si ya sabías la verdad? —dijo Lily, dejándose caer de nuevo en el sofá.

–Porque quería oírlo de ti.

Lily sintió como si su cuerpo se estuviera replegando lentamente, como si su cabeza estuviera a punto de dar con sus rodillas. Furia y miedo se mezclaban en su interior.

–No vas a quitarme a mi bebé –prometió ella–. Volveré a mi celda y me quedaré allí. No voy a decirle a Carla que te entregue a mi hijo.

Él se acercó al bar que había en un rincón y se sirvió una copa de un líquido color caramelo. Luego volvió y se lo ofreció.

–Bébete esto.

–No.

–Estás alterada. Esto te ayudará.

Tomó la copa con ambas manos, más para que se fuera que para otra cosa. Cada vez que lo tenía cerca, su cabeza daba vueltas. Por suerte, se apartó unos pasos. Sacó un teléfono y empezó a dar órdenes.

–Llamarás a tu amiga Carla y le dirás que lleve a Daniele al aeropuerto mañana por la mañana.

–No lo haré –replicó, molesta por el modo en que había italianizado el nombre de su hijo.

–Claro que lo harás –dijo Nico–. Puedes poner las cosas fáciles o difíciles. En caso de que no cooperes, quizá no vuelvas a ver a Daniele. Porque no te irás de Montebianco. Podría crecer solo, sin madre.

–¿Le harías eso a tu propio hijo? ¿Le negarías a su madre?

–Haré lo que haga falta para que entres en razón, *cara*. Si cooperas, eso no ocurrirá.

–¿Cómo puedes ser tan cruel?

Él se encogió de hombros y Lily se puso hecha una furia. ¡Arrogante bastardo! La copa cayó al suelo y se hizo añicos contra las baldosas al abalanzarse hacia él.

Aun así, Nico fue más rápido. La tomó entre sus brazos y la llevó al otro lado de la habitación mientras ella trataba de soltarse.

–*Dio,* mujer, llevas sandalias. ¿Quieres destrozarte los pies?

A Lily no le importaba. Ya no le importaba nada. Aquel hombre malvado y cruel estaba intentando quitarle a la persona que más significaba para ella en el mundo. Era su peor pesadilla hecha realidad y no lo permitiría. Se retorció entre sus brazos, haciéndole perder el equilibrio. Lily aprovechó la ventaja y ambos cayeron a la alfombra. Nico se llevó lo peor del impacto. Un segundo más tarde, la hizo darse la vuelta y acabó tumbada de espaldas, con Nico encima.

–Deja de resistirte, *cara.* No va a cambiar nada.

Lily se agitó, tratando de quitárselo de encima, pero no pudo. La punta de una de sus medallas metálicas se le clavó en las costillas.

–¿Por qué me estás haciendo esto? –gritó–. Tienes docenas de hijos con tus amantes, así que ¿por qué te importa el mío?

Rabia, incredulidad y frustración asomaron a su rostro.

–Sólo tengo un hijo, Liliana. Sólo uno. Y tú lo has apartado de mí.

–No te creo.

Nico se movió y por fin la medalla dejó de pincharla. La tomó de los brazos y se los sujetó por encima de la cabeza. Por fin parecía haberse hecho con el control.

–¿Nunca has pensado que las revistas de cotilleos mienten?

–No pueden ser todo mentiras.

Tenía que haber algo de cierto, aunque exageraran. Ninguno de los periodistas que conocía en *Register* se atrevería a escribir algo falso.

–Es evidente que nunca has sido víctima de esa carroña –dijo Nico sonriendo con amargura–. Nada de lo que cuentan de mí es verdad.

–Ahora sé que estás mintiendo. He visto fotos tuyas con muchas mujeres y...

–He tenido muchas amantes –dijo cortándola–. Pero ¡basta! Tratas de sacarme de mis casillas, *signorina,* y lo estás consiguiendo. Aun así, sólo tengo un hijo.

Lily se quedó mirándolo respirando agitadamente. Luego, cerró los ojos mientras asumía sus palabras. Aunque sabía que las revistas de cotilleos vivían de los escándalos, no quería creer que le estaba diciendo la verdad. Si así era, parte de la opinión que tenía de él estaba equivocada. Mientras valoraba lo que aquello implicaba, sintió que la cabeza le daba vueltas.

–Pero si de veras Danny es el único, eso significa...

–Sí, *cara,* nuestro hijo es mi heredero y segundo en la línea al trono de Montebianco.

–¿Cómo es eso posible? Ni siquiera estamos casados.

–Simplemente es así.

Lily se aprovechó de su distracción para intentar apartarse de él. Arqueó la espalda y tiró de su cuerpo hacia arriba, empujándose hacia el centro de sus caderas. La erección de Nico la hizo estremecerse. A pesar de su ira y frustración, la sensación era deliciosa.

Nico contuvo el aliento mientras ella se acoplaba a él. Lily se sintió en llamas, ardiendo en deseos. ¿Cómo era posible? ¿Cómo podía sentirse atraída sexualmente por él cuando pretendía arruinarle la vida? A su cuerpo no parecía importarle. Redobló sus esfuerzos por apartarse de él.

–*Maledizione* –farfulló él entre dientes–. Deja de moverte o ¿prefieres que nos vayamos al dormitorio y hagamos esto como es debido?

Lily se apartó de un empujón contra el almidonado uniforme. Una parte desesperada de ella deseaba hacer aquello como era debido. Pero su sentido común y su ira triunfaron.

–Apártate de mí.

–Como desees –dijo él y la soltó, dejando que ella sola se pusiera de pie.

Lily se rodeó con los brazos. El cuerpo aún le temblaba de la sacudida de deseo. ¿Cómo podía desearlo? Cerró los ojos y se apretó con fuerza por la cintura. Era igual que su madre. No podía distraerse con aquellos pensamientos. Tenía que concentrarse.

–¿Ahora qué?

Él se dio la vuelta. Su uniforme se veía perfecto, como si no acabara de rodar con ella por el suelo. Su porte regio era evidente. Se preguntó cómo era posible que no se hubiera dado cuenta durante los tres días que había pasado con él en Nueva Orleans.

–Llamarás a tu amiga y le dirás que entregue al niño.

–¿Por qué? ¿Para que te cases con tu princesa y críes a mi hijo con ella? De ninguna manera.

–Tendremos que trabajar con ese vocabulario que tienes –dijo Nico frunciendo el ceño–. No es el más adecuado para un miembro de una familia real.

Lily resopló.

–Sí lo era para ti hace dos años cuando me sedujiste, ¿no? Vete al infierno, Nico –dijo ella, olvidando toda formalidad.

–Más bien, necesitas clases de protocolo, *cara mia* –dijo mirándola de arriba abajo–. Y un vestuario más adecuado.

Lily se irguió. Quizá su ropa no fuera lo último en moda, pero siempre la llevaba limpia y cuidada, excepto en aquel momento después de haber pasado las últimas veinticuatro horas en la celda de una prisión.

Nico tomó un teléfono móvil de la mesa.

—Ni tu hijo ni tú necesitaréis nunca nada. No tendrás que volver a trabajar. Yo me ocuparé de cuidar de los dos.

Lily se quedó mirando el teléfono que tenía entre las manos. Sus palabras resultaban más seductoras de lo que estaba dispuesta a admitir. ¿No iba a tener que luchar más? ¿No iba a tener que volver a preocuparse de pagar su apartamento o el seguro médico? ¿Dinero y libertad frente al miedo de no tener suficiente para cuidar de su hijo?

No. ¿Qué le estaba ofreciendo? ¿Ser una mujer mantenida mientras él se casaba con su princesa y tenía hijos con ella? Antes prefería morir que aceptar ese tratamiento. Había cuidado de Danny hasta entonces y podía seguir haciéndolo.

—Puedo cuidar de mi hijo sin ti.

La expresión de Nico se volvió tan gélida que no pudo evitar sentir un estremecimiento.

—Al parecer, no me he expresado bien. No hay elección, Liliana. El niño y tú me pertenecéis.

—Ni siquiera tú puedes ser dueño de las personas, Nico.

Él apenas sonrió. Tomó el teléfono y empezó a hablar en italiano. Esta vez, fue una conversación. Cuando terminó, dejó el teléfono sobre la mesa.

—¿Qué has hecho?

Su sonrisa de satisfacción no le ayudó a tranquilizarse.

—Cinco millones de dólares es mucho dinero, ¿no? ¿Crees que tu amiga los rechazará por ti?

—Dios mío...

–Probablemente no, ¿verdad? –dijo acercándose a ella–. No los rechazará, Liliana. ¿Te digo por qué? –añadió y al ver que ella no decía nada, continuó–: Carla tiene un novio que tiene un problema: le gusta demasiado el juego, ¿verdad? Le ha sacado todo lo que ha podido en los últimos tres años. Se ha quedado sin ahorros y ese dinero puede proporcionarle una nueva vida, *cara mia*. No dirá que no.

Él acarició su mejilla. Era un gesto tierno en comparación con sus actos. Ella se estremeció, a pesar de que se había prometido no reaccionar.

–¿Qué piensas hacer con mi bebé?

Su mirada se tornó más dura y apartó la mano.

–Nuestro bebé, Liliana.

Lily lo miró desafiante, dispuesta a luchar a pesar del dolor que sentía.

–A mí no podrás comprarme, Nico. Nunca dejaré a Danny contigo.

–Es evidente que no –replicó en tono enojado–. Pero no hace falta que lo hagas.

Lily se quedó mirándolo boquiabierta.

–Dios mío, eres increíble. ¿Cómo crees que va a sentirse tu futura esposa cuando sepa de Danny y de mí?

–¿Por qué no se lo preguntas tú misma?

–¿Cómo? ¿Estás loco?

Nico la agarró del brazo y la llevó hasta la pared de enfrente. Se acercó a la puerta y por un momento, Lily pensó que era un dormitorio y que al otro lado había una mujer. Abriría la puerta y allí estaría ella, la princesa Antonella Romanelli de Monteverde, una belleza de ojos oscuros, esperándolo entre sábanas de seda.

Bruscamente se detuvieron y Nico la aprisionó con su cuerpo. Ella trató de zafarse, pero él la tomó por la barbilla, con más suavidad de la que esperaba, y la obligó a mirar hacia delante. Lily jadeó.

–¿Esto es una broma?

Se quedó mirando el reflejo de ambos en el espejo. Sus dedos morenos contra su piel y su pelo revuelto cayendo sobre sus hombros. Su camisa rosa estaba manchada en el hombro izquierdo y sus ojos, aunque cansados, brillaban furiosos. Por el contrario, a Nico se le veía frío e inalterado. Si no fuera por sus latidos acelerados, pensaría que estaba aburrido.

–No es ninguna broma, Liliana. He roto un trato largamente buscado entre Monteverde y mi país, por no mencionar que he avergonzado a mi padre y a nuestros aliados, para hacer lo que debería haber hecho desde el momento en que concebiste a mi hijo.

–No... No entiendo –susurró ella, buscando el rostro de Nico en el espejo.

–Claro que sí –replicó él, hundiendo la cabeza junto en el cuello de Lily.

–Tú, señorita Lily Morgan, estás a punto de convertirte en la princesa heredera, mi esposa y madre de mis hijos.

Capítulo 3

SE QUEDÓ completamente asombrada. Aunque no era de extrañar, lo mismo le había pasado a él. Tenía un hijo con aquella mujer, un hecho que le cortaba la respiración cada vez que se paraba a pensar en ello. Un hijo que había mantenido en secreto.

La corriente eléctrica que había sentido al estrecharse contra ella no debía de ser más que rabia.

–No puedes hablar en serio –dijo ella por fin.

Tenía sus ojos verdes abiertos de par en par y lo miraba incrédula. El color claro de su pelo la hacía parecer inocente. Seguramente, era lo que le había atraído de ella en primer lugar. Eso y el hecho de que desconociera su identidad. La experiencia debía de haber sido tan excepcional para él que se había sentido más atraído por ella de lo que lo hubiera hecho en otras condiciones. Lo había tratado como a una persona normal y eso le había resultado novedoso.

–Lo digo completamente en serio, Liliana.

Debía de haber recibido la información antes de abandonar sus habitaciones para asistir a la cena de Estado. Sus investigadores trabajaban sorprendentemente rápido y lo que habían encontrado eran pruebas que no podía ignorar. Había dado a luz casi a los nueve meses desde la noche en que le hiciera el amor. Podía haber tenido otro amante a continuación, pero lo cierto era que el parecido era demasiado evidente. Por supuesto que verificaría la paternidad del niño, pero a aquellas alturas, era una mera formalidad.

Cada vez que pensaba en cómo se había perdido los primeros diecisiete meses de vida de su hijo, en cómo aquella mujer le había ocultado la existencia del niño, sentía ganas de estrangularla. La soltó antes de ser incapaz de resistirse y dio un paso atrás. Se casaría con ella porque su código de honor no le permitía hacer otra cosa. Era su deber, pero no tenía por qué gustarle.

—Pero no soy una princesa, no sé cómo ser una prin...

—Aprenderás —replicó muy serio.

No era la esposa ideal para él, pero podía aprender. Era suficientemente atractiva y había demostrado tener el coraje necesario para soportar la presión. Peinada y vestida apropiadamente, no se la vería tan común. No era tan guapa como Antonella, pero también era agraciada. No sentía nada por Antonella, así que no le importaba romper con ella. Pero Lily...

Nico volvió a acercarse al bar y se sirvió otro coñac. Se lo bebió de un trago, saboreando el ardor del brandy de Montebianco. Había sido una noche infernal y todavía no había dejado de luchar contra sí mismo.

Una parte de él, la más primitiva, se sentía atraído por la mujer que estaba al otro lado de la habitación y a la que deseaba llevársela a la cama y desnudarla antes de hundirse en ella. Aquel ansia se mezclaba con rabia y trataba de mantener aquellas sensaciones bajo control. En los dos meses que habían transcurrido desde la muerte de Gaetano, había ignorado sus propios intereses y se había concentrado en sus deberes como heredero al trono de Montebianco, tal y como se merecían sus súbditos. Eso hacía que Lily Morgan le resultara más irresistible.

—Seguro que podemos solucionar esto de otra manera —dijo ella con voz dubitativa—. Puedes visitarlo y...

–Visitarlo –repitió él, estirando las sílabas.

Nico se quitó el fajín y lo dejó a un lado. Luego, se abrió los botones de la chaqueta del uniforme.

–Tienes suerte de que no sea la Edad Media, Liliana. Vas a obtener de mí más de lo que te mereces.

Si pensaba que la iba a impresionar con sus palabras, estaba equivocado. Saltó como un resorte. Le había costado cinco millones de dólares romper un acuerdo con un reino vecino y hasta el último ápice de la credulidad que se había ganado desde que fuera nombrado príncipe heredero. Al ser ilegítimo y tener la reputación de playboy que tenía, había tenido que esforzarse el doble para demostrar su valía. Ahora, todo aquel esfuerzo había quedado por los suelos.

–¿Más de lo que merezco? –preguntó ella con voz firme–. ¡Cómo te atreves! Me las he arreglado sola estos dos últimos años, aguantando cosas que tú ni siquiera has podido imaginar en tu torre de marfil para sacar a nuestro hijo adelante y...

–¡Silencio! Si sabes lo que te conviene, *cara,* lo mejor será que no hables más por esta noche.

De ninguna manera iba a soportar que lo reprendiera por la que había sido su decisión de ocultarle la existencia de su hijo. Tomó el teléfono y apretó el botón del ama de llaves. Cuando colgó, Lily se estaba mordiendo el labio, con los brazos cruzados sobre el pecho, como si pretendiera protegerse. O como si tuviera frío. Seguramente, la noche era más fría que las de su Luisiana natal. Un temblor la estremeció, confirmando su observación. Bajo su camisa, sus pezones se endurecieron, y se le puso la carne de gallina.

Nico tragó saliva, recordando la primera vez en que había visto la perfección de sus pechos y lo receptiva que había estado cuando se los había besado. Rápidamente apartó aquellos recuerdos y se quitó la chaqueta.

–Tienes frío –dijo acortando la distancia que los separaba–. Ponte esto, *cara.*

Le puso la chaqueta sobre los hombros y ella se aferró a la tela, agradeciéndoselo. Él dio media vuelta y se apartó.

–Nico, siento que...

La puerta se abrió y el ama de llaves entró, interrumpiéndola.

–Por favor, acompañe a nuestra invitada a su habitación –le dijo a la mujer.

La *signora* Mazetti hizo una reverencia y esperó a que Lily la acompañara. Por el rabillo del ojo, vio que Lily se quitaba la chaqueta y la dejaba cuidadosamente en le respaldo del sofá. Luego, siguió al ama de llaves sin rechistar.

Lily se despertó con el tintineo de la porcelana y de los cubiertos al chocar. Se incorporó bostezando y parpadeó mientras intentaba reconocer lo que la rodeaba. Unas cortinas de brocado colgaban de un dosel y habían sido apartadas para que la luz se filtrara a la enorme cama. Por un momento, pensó que estaba en la mejor habitación del hotel. Pero de repente, recordó.

Estaba en un palacio, en los apartamentos del príncipe Nico. Y estaba tan prisionera allí como en la celda de la vieja fortaleza. Había una mujer de uniforme a un lado, sujetando una bandeja. Se giró e hizo una reverencia antes de inclinarse y dejar la bandeja sobre el regazo de Lily.

–Su Alteza dice que comáis y os vistáis, *signorina.* Desea que os unáis a él en una hora.

La mujer volvió a hacer una reverencia y cerró la puerta al salir. Lily hizo amago de apartar la bandeja, pero el aroma a café y comida le hizo recordar lo hambrienta que estaba. Había sido incapaz de comer en las veinticuatro horas que había pasado en la prisión. Todo lo que había querido la noche anterior había sido ducharse y dormir. En aquel momento, estaba muerta de hambre.

Había llegado su maleta, pero no le habían devuelto su ordenador portátil, ni su teléfono móvil ni su pasaporte. Nico había impedido no sólo cualquier contacto con el mundo exterior, sino cualquier oportunidad de poder escapar. Pero Lily Morgan no se daba por vencida tan fácilmente.

Su estómago rugió con fuerza y no le quedó más remedio que reconocer que, si no comía algo pronto, no llegaría muy lejos. Así que devoró el pan recién hecho, la variedad de embutidos y quesos, además de un par de tazas de café con leche.

Media hora más tarde, después de ducharse otra vez y de ponerse unos vaqueros y una camiseta, se acercó a la puerta. No estaba cerrada y salió al pasillo, mirando a derecha e izquierda. ¿Por dónde había llegado la noche anterior? No lo recordaba, así que empezó a recorrer el pasillo y a intentar abrir las puertas a su paso. Llegó al salón en el que Nico le había informado la noche anterior de que se convertiría en su esposa. Con la luz del sol filtrándose por las ventanas y las puertas de la terraza, la estancia relucía con los mosaicos de oro y cristal.

Recorrió con la mirada el lujo de la habitación en busca de un teléfono y por fin dio con uno en la mesita que había junto a uno de los sofás de terciopelo. Lily lo descolgó sin saber muy bien a quién llamar primero.

—Me temo que tendrás que hablar con la operadora de palacio.

Lily se sobresaltó y colgó el teléfono. Nico estaba detrás, con una taza de café en una mano y el periódico en la otra. Se le veía alto, elegante y masculino, lo que hizo que su pulso se acelerara. Llevaba un traje gris que debía de haber costado más dinero del que ella hubiera ganado en seis meses. Parecía hecho a medida y el tejido se veía bueno. También llevaba una camisa blanca, sin corbata, y unos mocasines negros. En su mano derecha brillaba un anillo con un rubí.

—Quiero que me devuelvas mi teléfono.

—Tendrás un teléfono nuevo, Lily. Y muchas otras cosas —dijo mirándola de arriba abajo.

Ella se mordió el labio. Sin duda alguna, veía a una zarrapastrosa, a una mujer no apta para convertirse en princesa, y se sentía decepcionado. Lo cierto era que no era la más adecuada para convertirse en princesa, ni tampoco quería serlo. Nunca encajaría allí. Era ridículo.

—He estado considerando tu ofrecimiento —dijo—. Puedes visitar a Danny siempre que quieras y yo lo traeré a Montebianco a menudo, pero me es imposible casarme contigo. Tendremos que buscar otra solución.

—¿Otra solución? —dijo dejando la taza de café y el periódico antes de acercarse a ella—. No lo has entendido bien, Liliana. No era un ofrecimiento. Simplemente, será así.

—Es imposible que quieras casarte conmigo —dijo ella, sintiendo el corazón en la garganta.

—Lo que quiero no importa.

—No es lo que yo quiero.

—Quizá deberías haber pensado en eso hace dos años.

Lily suspiró.

—Creo que ninguno de los dos pensó con claridad aquella noche, ¿verdad?

—Evidentemente no. Pero ¿y después, Lily? ¿Qué me dices de cuando descubriste que estabas embarazada?

—No sabía quién eras —dijo Lily, bajando la mirada.

–Pero acabaste descubriéndolo. ¿Por qué entonces no te pusiste en contacto conmigo?

Su voz sonaba comedida, como si estuviera luchando para controlar su temperamento. Lily puso cierta distancia entre ellos, rodeándose instintivamente con sus brazos. ¿Cómo decirle que le había dado miedo? Había temido que le quitara al niño y que, paradójicamente, acabara convirtiéndose en la clase de padre que había tenido. En vez de eso, se concentró en la única verdad que era fácil de explicar.

–Suponiendo que hubiera podido traspasar las barreras que hay entre la gente y tú, ¿me habrías creído?

–Con el tiempo, sí. Pero eso ya no importa –dijo Nico, agitando una mano en el aire–. Lo que importa es que no pensabas informarme. Si no llegas a venir aquí, nunca habría sabido de la existencia de nuestro hijo, ¿verdad?

–No –dijo Lily, obligándose a mantener su mirada.

–Confía en mí, *cara*, si hubiera otra manera, te enviaría lejos de Montebianco y nunca volvería a ver tu cara de embustera. Pero tal y como están las cosas, creo que deberíamos acostumbrarnos a la situación, ¿no?

–¿Embustera? –dijo ella levantando la voz–. ¿Yo? ¿Qué me dices de ti? No sólo no me dijiste que eras un príncipe, sino que se te olvidó que habíamos quedado en encontrarnos frente a la catedral.

–Me pidieron inesperadamente que regresara a Montebianco. Envié a alguien para que te diera el mensaje.

–Nunca recibí ningún mensaje.

–Sólo puedes culparte a ti misma –dijo él sin cambiar de expresión–. Cuando mi enviado fue incapaz de encontrarte, hice mis pesquisas. Si hubiera sabido que tu nombre verdadero era Margaret, quizá habría sido más fácil dar contigo.

Lily se mordió el labio inferior, sorprendida por encontrarse tan fácilmente al borde de las lágrimas. No estaba dispuesta a permitir que aquel hombre le afectara tanto.

–Siempre me han llamado por mi segundo nombre. No se me ocurrió decirte mi nombre completo –dijo sacudiendo la cabeza–. No quiero ser infeliz e imagino que tú tampoco. Si me obligas a casarme contigo, ambos seremos desdichados. Tienes que darte cuenta de que es cierto, ¿no?

–Es demasiado tarde para eso.

–¿Por qué? Podrías casarte con tu princesa y tener hijos con ella. De todas formas, ¿cómo puede estar Danny en la línea de sucesión al trono? ¿No tienen que ser hijos legítimos los príncipes?

El rostro de Nico era una máscara de acero.

–En Montebianco, la realeza es la realeza.

–No quiero esto para mi hijo –insistió Lily–. Quiero que crezca siendo un niño normal.

La riqueza la asustaba. No sólo la riqueza de Nico, sino el ambiente en el que vivía. Danny no sería más que un niño consentido si crecía allí. ¿Cómo iba a convertirse en un hombre decente y no en un mujeriego como el príncipe que tenía ante ella? Le horrorizaba pensar que una vez allí, su hijo acabaría convirtiéndose en la clase de hombre que más detestaba.

¿Cómo iba a unirse para siempre a un príncipe? Porque aunque fuera la única mujer a la que hubiera dejado embarazada, lo que debía de ser cierto teniendo en cuenta lo que estaba dispuesto a hacer, seguía siendo un Casanova. ¿Acabaría ella como su madre, desesperada por encontrar el afecto de un hombre y dispuesta a cualquier cosa por estar con él?

–Es nuestro hijo, Lily. Ya has intentado privarle de sus derechos con tu egoísmo.

Ella parpadeó. ¿Egoísmo? ¿Cómo era eso posible?

–No es cierto.

Parecía estar a la defensiva. Incluso parecía sentirse culpable. Al tratar de proteger a su bebé, ¿había intentado quedárselo para ella sola? ¿De veras había temido que Nico se lo quitara? ¿O eran ciertos sus motivos para creer que no sería un buen padre?

–No volverás a hacerlo –continuó Nico–. Daniele es mi hijo y a partir de ahora seré su padre. Si quieres seguir formando parte de su vida, entonces aceptarás ser mi esposa. Es la única opción que tienes, Lily.

–Eso no es una opción, es una orden.

Cuando Nico le dijo que necesitaba un vestuario, Lily no había pensado que eso supondría volar a París para ir de tiendas esa misma tarde. En su camino a Francia, por fin le permitió llamar a su jefe y explicarle que no volvería al trabajo al día siguiente, tal y como tenía planeado. Al parecer, nunca volvería, pero no se lo dijo. Darrell sentía curiosidad, pero Lily no supo cómo explicarle lo que había pasado. Antes de colgar, le aseguró que estaba bien y le dijo que le enviaría por correo electrónico sus impresiones de Montebianco, además de las fotos que había tomado.

Luego, miró a Nico, que estaba escribiendo algo en su ordenador.

–Necesito un ordenador –dijo ella–. Tengo que terminar un trabajo.

–Todo a su tiempo, Lily –respondió él sin levantar la mirada.

–El periódico me pagó el viaje y esperan que termine el trabajo. No puedo dejarles en la estacada.

–Desde luego. Pero imagino que podrá esperar hasta que volvamos a Montebianco, ¿no?

–Preferiría hacerlo ahora.

Él cerró el ordenador.

–¿No tienes notas en tu ordenador?

–Claro que sí. Pero la policía me lo confiscó.

–Me lo dieron a mí. Podrás tenerlo cuando volvamos a Montebianco. ¿Te parece bien?

Una expresión de frustración asomó en el rostro de Lily.

–¿Que si me parece bien? Quieres decir que no tengo otra opción. ¿Por qué no lo dices así de claro?

–*Cara,* tus opciones son esperar a que volvamos a Montebianco o usar este ordenador –dijo y miró su reloj, antes de mirar por la ventanilla–. De todas formas, tendrás que darte prisa porque aterrizaremos en breve.

Lily se cruzó de brazos y apartó la mirada. Sabía que había sido demasiado gruñona, pero no podía disculparse después de lo que le había hecho pasar en las últimas horas. Al ver que no decía nada, Nico guardó el ordenador. Veinte minutos más tarde, aterrizaron y salieron del avión.

Una vez en París, el mal humor de Lily pareció remitir. Ver la Torre Eiffel al atravesar las calles era excitante. Quería verlo todo, pasar horas recorriendo los sitios de los que había leído, pero Nico le dijo que no tenían tiempo para hacer turismo.

En vez de eso, fueron a las tiendas de *Prada*, *Versace*, *Louboutin*, *Dior* y *Hermès*. Nunca había visto tanta ropa cara en su vida, ni se le había pasado por la cabeza tener una sola prenda de aquellas marcas. Era abrumador ver todas aquellas bolsas y cajas apilándose.

–Nico, esto es ridículo –dijo mientras iban de una tienda a otra–. Nadie necesita tantas cosas.

–Las princesas, sí –observó él, apartando la mirada de su lectura, medio aburrido.

–Nadie lo necesita –replicó ella.

¿Por qué la hacía sentir como si tuviera seis años? Nico dejó el periódico en el asiento de cuero del Rolls-Royce con un suspiro.

–La princesa Liliana Cavelli debe ser tan chic y elegante como le sea posible. Debe ser la envidia de algunas, la pesadilla de otras y siempre... –dijo levantando un dedo mientras hablaba– siempre debe estar elegante y guapa como digna representante de Montebianco. Cenará con reyes y reinas, embajadores, jefes de Estado, e incluso con el presidente americano. Tendrá que cuidar las formas y siempre deberá honrar el apellido Cavelli. Tendrá que dejar a un lado sus deseos y observar obligaciones y tradiciones de siglos.

–Pero parece muy extravagante –dijo ella poniéndose a la defensiva.

–Quizá te lo parezca ahora, pero pronto te darás cuenta de cuál es tu papel. No puedo permitir que no estés preparada.

Lily se dio la vuelta. Maldito fuera por hacerla sentir tan insignificante. Miles de dólares en ropa, zapatos, bolsos, maletas, cinturones, pañuelos, abrigos y ropa interior. ¿Cómo lo había conseguido?

Pensó en Danny, en la sonrisa adorable de su bebé y en la manera en que sus ojos se iluminaban cada tarde cuando llegaba a casa. Debido al repentino giro que habían dado los hechos, su bebé nunca pasaría hambre y nunca le faltarían medicinas, un techo o ropa cálida en invierno. Odiaba la idea de recibir tanto de Nico, pero era consciente de que no tenía otra opción. Lily se prometió que le enseñaría a Danny que el dinero no hacía a un hombre. No crecería tan mimado y consentido como su padre. De alguna manera, se lo haría entender.

Dejaron de hablar y él siguió leyendo el periódico. Al poco, se encontró en un elegante salón de belleza, con varias mujeres revoloteando a su alrededor y uno de los guardaespaldas de Nico esperando en un rincón. Era otra prueba de que su vida había cambiado drásticamente. ¿De veras estaba en peligro allí? ¿Qué clase de vida era aquélla, siempre mirando a su alrededor y preguntándose si había algún peligro acechándola?

Nico le dijo que tenía unos asuntos de los que ocuparse y que volvería a por ella en un par de horas.

Una vez le lavaron el pelo, le pusieron una mascarilla mientras dos mujeres le hacían la manicura y la pedicura. Antes de tener a Danny, su único lujo había sido alguna visita ocasional a la peluquería. Desde que naciera, no le había sobrado demasiado dinero y se le había olvidado lo mucho que lo echaba de menos.

Cuando las empleadas terminaron, una mujer que entró en el salón llamó su atención. Llevaba un séquito y era la mujer más elegante y bella que Lily había visto jamás. Llevaba la melena suelta sobre la espalda y tenía un diminuto perro entre los brazos. Bajo su chaqueta, llevaba un fino jersey que le llegaba hasta mitad de muslo, sobre unos vaqueros negros estrechos y unos zapatos de tacón de aguja rojos. Las enormes gafas de sol le daban un aspecto chic. Aquélla era la clase de mujer que Nico necesitaba, el tipo de mujer en que la quería convertir. La idea le resultó algo deprimente.

Las mujeres del salón se congregaron en torno a la recién llegada y le ofrecieron café mientras le hablaban en susurros. Unos minutos después, se dirigía hacia Lily.

–¿Eres Liliana Morgan? –preguntó quitándose las gafas.

–Sí –respondió Lily, demasiado impresionada como para corregir su nombre.

Aunque tan sólo había visto un par de fotos, reconoció a la mujer que la miraba enojada.

—Yo soy la princesa Antonella Romanelli —anunció ceremoniosamente—. Tengo entendido que me has robado a mi prometido.

Lily tragó saliva.

—Lo siento.

¿Debería explicarle todo a aquella mujer? ¿O mantener la boca cerrada y esperar a que se fuera?

Antonella apoyó una de sus enjoyadas manos en la cadera.

—He huido de Monteverde para recuperar mi orgullo herido y te encuentro aquí. ¿Hay algo más cruel?

Sus ojos se llenaron de lágrimas. Lily hizo amago de tomarla por el brazo, pero Antonella se apartó de su alcance antes de que la rozara.

—Parece que sólo sirvo para ahuyentar novios.

Tomó un pañuelo de papel de una caja que había en la mesa y se sonó la nariz. Su mirada volvió a posarse sobre Lily para valorarla.

—¿Cómo ha podido elegirte a ti? ¿Qué le has hecho? *Dio,* no acabo de entenderlo —dijo—. No creo que un hijo pueda ser la diferencia.

—Siento vuestro dolor, Alteza —dijo Lily, cada vez más enfadada a pesar de la evidente angustia de la princesa—, pero no todo el mundo tiene vuestra suerte y belleza. Además, mi hijo no es asunto vuestro.

—Perdóname, querida, si te he insultado, pero no sabes lo que me has costado —dijo Antonella sonriendo con amargura—. Es imposible que lo sepas.

Antes de que Lily pudiera decir nada, la princesa cruzó la habitación, chasqueando los dedos y hablando en italiano. Recogió a su perro de brazos de su secretaria mientras que su séquito se agrupaba para seguirla.

Lily observó sus movimientos, mientras caía en la cuenta de que la princesa Antonella estaba enamorada de Nico. ¿Estaría también Nico enamorado de ella?

Cuando Lily terminó en el salón, apenas podía reconocerse. Una vez le retiraron la mascarilla del pelo, comprobó que se había convertido en una melena brillante y sedosa antes de que se la recogieran en una coleta. Aunque Lily solía usar cosméticos, teniendo un bebé al que cuidar, no solía tener tiempo ni dinero para otra cosa que no fuera brillo de labios y rímel. Ahora, había aprendido a aplicarse colorete y sombra de ojos para acentuar sus rasgos.

La acompañaron a un vestidor en el que le esperaba una selección de la ropa que había comprado. Se puso una falda estrecha y una blusa blanca con pequeñas perlas. Un cinturón negro ancho, una gabardina de seda y unos zapatos de tacón completaban su atuendo. Dobló los vaqueros y la camisa que había llevado puestos y los guardó en un bolso grande que descansaba en una butaca blanca. Luego, se miró en el espejo.

¿Tenía el aspecto de una princesa? Quizá. Desde luego que estaba más elegante de lo que había estado en su vida. Pero todavía seguía siendo Lily Morgan, hija de madre fumadora y bebedora y de padre ausente. Pensó en la princesa Antonella, en su belleza y tristeza, y se sintió la peor persona del mundo. Se había entrometido entre dos personas hechas la una para la otra. Cada vez que pensaba en Nico abrazando a su princesa, besándola...

Lily abandonó el salón de belleza seguida del guardaespaldas, que la acompañó al Rolls que esperaba a unos pocos metros. Casi habían llegado al coche cuando una potente luz estalló en su cara. Luego, otra y otra.

El guardaespaldas la escudó con su cuerpo, protegiéndola de los gritos y las cámaras que había a su alrededor. Unos segundos más tarde, la puerta del coche se abrió y fue empujada al interior.

–Ponte esto –dijo una voz.

Lily se dio la vuelta, con el corazón en la garganta, y se encontró con Nico. Ni siquiera se había dado cuenta de que estaba en el coche.

–Lily –dijo él y le ofreció un estuche.

Tras unos segundos de duda, lo aceptó. Ni siquiera se molestó en preguntar qué era, simplemente lo abrió y se quedó estupefacta al ver el anillo.

–Es muy grande –dijo–. Es un zafiro precioso.

Nico tomó el estuche y sacó el anillo.

–Es un diamante –dijo tomándole la mano y poniéndoselo en el dedo antes de que protestara–. En Montebianco te ajustarán la talla.

–No puedo ponérmelo –dijo horrorizada por el tamaño y el peso de aquella piedra.

–Es tu anillo de compromiso. Tendrás que llevarlo.

Dolor y confusión la embargaron al mirarlo a la cara. ¿Estaría pensando en Antonella? Su rostro era inexpresivo. Lily bajó la mirada a su mano y al extraño peso de su dedo. Se había imaginado comprando el anillo de compromiso con el hombre amado, yendo de joyería en joyería hasta dar con el adecuado. Aquel anillo no era como había imaginado que sería su anillo de compromiso.

–No me gusta –dijo y en cuanto sus ojos se encontraron, se arrepintió de lo que acababa de decir.

La expresión de Nico era de aburrimiento. No parecía importarle. Si le hubiera dicho que era una herencia familiar y que debía regalárselo a su prometida, al menos habría sabido que significaba algo para él. Pero no, había ido a una joyería, o quizá había mandado a alguien, y había pedido que le dieran el anillo más raro y caro que tuvieran. Aquélla era una cuestión de estatus, no de tradición y mucho menos de amor.

¿Qué habría elegido para Antonella? No, no podía pensar en eso. Cerró los ojos y respiró hondo.

–Es demasiado tarde –dijo él–. Alguien ha debido de llamar a la prensa para informarles de que había comprado este anillo. No puede devolverse.

Lily se quedó mirando el diamante, que parecía un reclamo luminoso de propiedad. De pronto se dio cuenta de que cualquier cosa entre ellos sería de dominio público. Cada mirada, cada gesto, cada palabra... Todo lo que él hacía era recogido por cámaras. En apenas un día, su vida se había convertido en un escaparate. Los paparazzi ya estaban alerta, a la vista de lo que acababa de suceder. ¿Tendría algún momento de felicidad, aparte de los que pasara con Danny?

–¿Cómo es que fuiste a Nueva Orleans? –preguntó ella, reparando en lo diferente que tuvo que ser para él.

Nico se quedó observándola. Le pareció adivinar un brillo de admiración en sus ojos. Pero enseguida desapareció y Lily pensó que se lo había imaginado.

–Mi vida era diferente entonces.

–¿Por qué yo?

Quería saber, especialmente ahora que conocía de primera mano el mundo del que procedía. Había visto en las revistas la clase de mujeres con las que solía relacionarse. Eran mujeres muy diferentes a ella: glamurosas y muy guapas, como la princesa Antonella.

–Porque no conocías mi identidad. Eso era una novedad para mí.

Claro que no lo conocía. Ella era de una pequeña ciudad de Luisiana, no de una metrópolis glamurosa.

Todo en Nueva Orleans era grande y diferente a lo que estaba acostumbrada. Evidentemente, eso había afectado a su manera de analizar las cosas. Se había dejado llevar por sus atenciones y sus encantos, y por el desenfreno de Mardi Grass.

–Si no fuera por Danny, preferiría que no nos hubiéramos conocido.

Nico se pasó la mano por el pelo, en un gesto de frustración y resentimiento.

–Sí, a mí también me gustaría que así hubiera sido. Pero ya es demasiado tarde. Eres la madre de mi hijo y nada puede cambiar eso.

No, nada podría cambiarlo. La odiaría por siempre al haberlo separado de la mujer a la que había elegido para casarse. Iba a casarse con ella por Danny y por nada más.

Lily giró la cabeza. El paisaje se veía borroso mientras el Rolls avanzaba hacia el aeropuerto. No era así como había imaginado que sería su vida. Pero por su hijo aguantaría. Tenía derecho a tener un padre y Nico parecía decidido a serlo. Jack Morgan nunca se había molestado en comportarse como tal. Para él, ella había sido una molestia y, cada vez que se había ido, Lily había pensado que lo había hecho por su culpa.

Se secó las lágrimas antes de que Nico se diera cuenta. Ahora, era una mujer adulta y sabía que nunca era culpa de un niño el que el padre se fuera. No permitiría que Danny sufriera nunca lo que ella había sufrido.

El coche se abrió paso entre el intenso tráfico que había en el aeropuerto y por fin llegó al pie de un Boeing 737 que esperaba con los motores encendidos. La alfombra roja que conducía hasta su interior la sorprendió. Era opulenta, demasiado diferente a lo que estaba acostumbrada. Si no fuera por aquella alfombra, habría pensado que era un avión más de pasajeros. Según le dijo Nico, no había nada que indicara quién era el dueño para mantener cierto anonimato.

Salieron del Rolls y subieron a toda prisa por la alfombra mientras un grupo de periodistas gritaba tras un cordón a unos cincuenta metros de distancia. Nico la hizo pasar delante de él y la tomó de la cintura mientras subían la escalerilla.

–Ten cuidado, *cara* –le dijo al oído.

Al sentir su aliento tan cerca y el roce de sus dedos, su corazón se desbocó. Siguió subiendo hasta que la azafata que esperaba en lo alto de la escalerilla le dio la bienvenida con una sonrisa.

Había dos hombres sentados ante una mesa de caoba que se pusieron de pie en cuanto Nico y Lily entraron. Ambos hicieron una reverencia y uno de ellos señaló una carpeta que había sobre la mesa.

–Los documentos están listos, Alteza –dijo–. Podemos llevar a cabo la ceremonia cuando queráis.

Lily se giró hacia Nico.

–¿Ceremonia?

–¿Por qué esperar, *cara mia*? –preguntó Nico, tomando la mano de Lily entre las suyas.

–¿Esperar? –repitió ella, incapaz de comprender lo que su corazón parecía haber entendido.

–Estamos listos –dijo Nico a los hombres–. Pueden casarnos ahora mismo –añadió mirándola a los ojos.

Capítulo 4

NICO observó la mezcla de emociones que asomaron al rostro de Lily. Sorpresa, temor, ira... y resignación. Gracias a Dios, esta vez no se enfrentaría a él.

—¿Por qué tiene que ser ahora, de esta manera? —preguntó ella.

Él acarició su mejilla, sin sorprenderse cuando se estremeció, y apartó la mano. Esperaba que cambiara durante aquel día, pero no de aquella manera. Estaba más guapa de lo que había imaginado que era posible. No sabía si era por la suavidad de su pelo, por su piel aterciopelada o por sus enormes ojos verdes, pero lo cierto era que no conseguía recordar por qué estaba enfadado con ella. No podía olvidar lo que le había hecho, pero no quería que afectara sus actos.

—Por varias razones, Liliana —dijo—. Debes confiar en mí.

—¿Confiar en ti? ¿Cómo esperas que lo haga?

La tomó suavemente por el brazo y la apartó del juez y de su asistente. Nico la hizo girarse, impidiendo que viese a los dos hombres. Luego, tomó sus mejillas entre las manos. Ella contuvo el aliento, provocándole una oleada de deseo. Al menos, disfrutaría llevándosela a la cama. Aunque se casara con ella por honor y sentido del deber, había algunos aspectos que disfrutaría.

–Tenemos que hacer esto por Daniele –dijo, consciente de que aquellas palabras la tranquilizarían.

Podía decirle que tenían que casarse allí, en Francia, antes de volver a Montebianco, pero pensó que eso no sería de ayuda para convencerla.

También podía decirle que su padre estaba furioso, que el padre y el hermano de Antonella estaban pidiendo una compensación y que, a menos que se casaran en aquel momento, probablemente sería arrestada y encerrada en la cárcel al regresar a Montebianco, acusada de traficar con antigüedades y objetos robados. Hasta que no dieran con el vendedor, Lily era susceptible de ser acusada.

Por eso tenía que ser en aquel momento. Si iba a prisión, él se quedaría con Daniele, pero su hijo no tendría una madre. No se casaría con la princesa Antonella ni criaría al niño con ella. Tenía demasiada experiencia como hijo ilegítimo para saber cómo lo trataría una mujer que no lo había traído al mundo. No se arriesgaría a que lo viera como una amenaza, tal y como la reina Tiziana lo había visto a él. Lily era la madre del niño. A pesar de lo que Nico sintiera por ella, su hijo merecía una madre que lo quisiera.

–Quiero ver a mi hijo primero –dijo ella–. Quiero saber que está sano y salvo.

–Llegará a Montebianco muy pronto, *cara mia*. El avión que lo trae abandonó el espacio aéreo americano hace más de cinco horas.

Se la veía contenta a la vez que sorprendida ante aquella noticia. Estaba feliz de que fuera a ver a su bebé y triste porque su amiga la hubiera traicionado. La pobre Lily no tenía ni idea de que todo el mundo tenía un precio.

–Es hora, Liliana.

Todavía se la veía dubitativa. Parecía estar a punto de protestar, así que él bajó la cabeza y le dio un breve beso en los labios. Casi al instante deseó llevarla al dormitorio que había al fondo del avión y hacerla suya antes de que pasara una hora más. Pero no lo haría. Al ver que no se resistía, le pasó la lengua por los labios a modo de prueba. Ella los separó e invadió su boca, enroscando sus lenguas. Al principio, sus movimientos eran suaves, pero poco a poco se fueron haciendo desesperados. Ya no estaba seguro de quién llevaba el control de aquel beso y se apartó.

Parecía aturdida. Nico la besó de nuevo y ella se inclinó hacia él, aferrándose a sus solapas y gimiendo suavemente. Esta vez, cuando apartó la cabeza, ambos respiraban entrecortadamente.

—Cásate conmigo ahora.

—Sí —susurró ella.

Nico la dirigió ante los dos hombres antes de que el efecto del beso se le pasara y recobrara la lucidez. Sujetó con firmeza su mano entre la suya, intentando no pensar en lo fría que estaba. Cuando la conoció en Nueva Orleans, era una mujer cálida, inocente y excitante. El comprobar cómo había cambiado era inquietante.

El juez hizo las preguntas pertinentes, firmaron un par de documentos y acabaron con la ceremonia.

—Formalizará este trámite enseguida, ¿verdad? —preguntó Nico mientras Lily se apartaba para tomar asiento.

—Por supuesto, Alteza —contestó el juez, entregando la carpeta a su asistente—. Felicidades.

—*Grazie*.

A los pocos minutos de que los dos hombres salieran del avión, despegaron. Lily no se había movido del asiento de cuero en el que se había sentado. Distraídamente, había aceptado la copa de champán que la azafata le había ofrecido, pero no había probado el alcohol. Al verlo acercarse, Lily lo miró con preocupación.

–¿Cómo te las has arreglado para hacer eso? ¿No hay trámites que cumplir para poder casarse? Ni siquiera somos franceses.

–Ellos tampoco –dijo y al ver su expresión interrogante, continuó–: Eran de la embajada de Montebianco, *cara*. Mientras esté en este avión, estamos en suelo de Montebianco. Legalmente, es allí donde nos hemos casado, pero un certificado de nuestro matrimonio se archivará en Francia.

–No entiendo.

–Gracias al convenio de reciprocidad, el matrimonio tiene validez en Francia. Ni siquiera el rey puede anular nuestro matrimonio.

–Tu padre no está de acuerdo, ¿verdad? ¿Crees que hubiera negado su permiso?

–Algo así, sí, pero ya no importa. Tú, princesa Liliana, eres mi esposa.

Nico pensó que iba a decir algo, pero Lily se limitó a levantar la copa a modo de brindis.

–En lo bueno y en lo malo –dijo ella y dejó la copa antes de ponerse de pie–. Estoy cansada. ¿Hay algún sitio en este palacio volante donde me pueda tumbar un rato?

–Por supuesto –contestó él–. Una azafata te acompañará.

Lo más acertado era que otra persona fuera con ella. Todavía sentía que su sangre hervía después del beso que se habían dado. Si la llevaba al dormitorio, no sería para descansar.

Lily estaba aturdida. Había ido a París por primera vez en su vida, pero no para disfrutar, sino para cumplir

con un deber. Se había casado en la ciudad más romántica del mundo, aunque su boda no podía ser conside-
rada romántica. Se quedó mirando la piedra preciosa de
su anillo mientras se dirigían en silencio desde el aeropuerto al palacio Cavelli. Ella, Lily Morgan, procedente
de Port Pierre, Luisiana, era ahora una princesa. Debería sentirse feliz, ¿no? *Principessa Liliana* o Princesa
Lily. Ninguna de aquellas formas le sonaba bien.

Miró a Nico de reojo. Era muy guapo y a pesar de lo
distante, podía ser muy tierno. Como cuando la había
besado. Se había quedado sin aliento. No había sabido
quién era, ni dónde estaba ni lo que estaba haciendo
mientras que su boca había estado junto a la suya. Se
había quedado aturdida y dispuesta a someterse a su voluntad, lo que seguramente había sido su intención.
Pero ¿cómo había podido besarla así cuando hasta el día
antes todo estaba dispuesto para que se casara con la
princesa Antonella y compartir con ella el resto de su
vida?

Lily no lo comprendía y eso la desorientaba. Tenía
muy poca experiencia con los hombres y casi toda con
el espécimen que tenía a su lado. Tenía que protegerse
a sí misma y a su hijo. Era lo suficientemente lista como
para darse cuenta de que, si no era cautelosa, Nico acabaría confundiéndola. Y eso era peligroso sobre todo
para Danny. Él era su prioridad y tenía que mantener la
cabeza despejada por él.

Cuando por fin llegaron al palacio, apenas quedaba
luz. El chófer abrió la puerta y Nico salió, dándose la
vuelta para ofrecerle su mano.

Lily se recordó que estaba desempeñando un papel,
al igual que había hecho al subir la escalerilla del avión.
Era una máscara de cara al exterior. Se mostraba solí-
cito y cariñoso, como cuando la había besado delante

del juez y de su asistente. No era más que un seductor, un príncipe playboy.

Tomó su mano, tratando de ignorar la señal de advertencia de su mente. Al salir al suelo empedrado, toda su atención quedó puesta en el helicóptero que los sobrevolaba.

—Es la prensa —dijo él mientras empezaban a caminar—. Parece que ya se han enterado.

—Pero cuando compraste el anillo, dijiste que alguien los había llamado. ¿Por qué es una sorpresa?

—No es sólo el anillo lo que los ha traído hasta aquí. Alguien les ha informado de nuestro viaje de hoy.

Lily pensó en Antonella, preguntándose si habría sido ella. Pero no quería pronunciar su nombre ante Nico por no ver dolor o rencor en su rostro.

—¿Qué hacemos ahora? —preguntó ella mientras el helicóptero volvía a pasar sobre sus cabezas.

La rodeó con su brazo y la dirigió hacia las puertas que sostenían abiertas un par de guardias del palacio.

—Seguiremos con nuestro plan.

Cruzaron las puertas y llegaron a la entrada principal. Nico apartó el brazo y se separó de ella. Lily trató de no mostrarse decepcionada.

—¿Cuál es el plan?

—Estamos casados, Liliana. Simularemos ser felices. Serás obediente y, al menos mientras estemos en público, harás el papel de una radiante esposa.

Lily tragó saliva. En apenas unas horas le había quitado todo y quería que se mostrara feliz. Todavía no había asumido que ya no podría seguir su carrera, por no mencionar que se había convertido en una mujer casada.

—¿Cómo dices? ¿Tengo que ser obediente y feliz? ¿Cuál es tu papel en esta farsa?

–Tengo práctica al haber vivido siempre ante la opinión pública. No necesito instrucciones. Sin embargo, tú sí.

–Así que tengo que hacer lo que tú digas, ¿no?

–Sí, será lo mejor.

–¿No te has parado a pensar que quizá tuviera una vida planeada antes de que tú aparecieras?

–¿Y qué tiene esa vida comparada con la que has ganado al casarte conmigo? Nunca tendrás que volver a trabajar, Lily. Muchas mujeres matarían por estar en tu situación.

–Me cambiaría por cualquiera de ellas sin dudarlo –dijo Lily y sonrió con amargura.

Nico se dio media vuelta y se dirigió hacia sus apartamentos. Lily estaba tan ocupada en seguirlo que no pudo decir nada más, maldiciendo para sus adentros los zapatos de tacón que llevaba puestos. Él entró en su ala privada y se detuvo en seco. Lily se chocó contra su espalda.

–¿Qué demonios...? –dijo y su cabeza registró la imagen de un niño–. ¡Danny! –exclamó, tomando al pequeño en sus brazos–. Oh, mi bebé, mi pequeño, mami te ha echado mucho de menos.

Hasta ese momento, había temido no volver a verlo. El niño empezó a retorcerse y Lily se apartó sonriendo. El pequeño la miró con los mismos ojos azules de su padre, mientras su labio comenzaba a temblar.

–¡Cómo te he echado de menos, cariño!

Danny rompió a llorar.

Lily cerró los ojos aliviada cuando Danny por fin se quedó dormido. Se había asustado al verlo llorar, pero rápidamente se había dado cuenta de que debía de tener un aspecto diferente para él. Además, había hecho un largo viaje con una mujer desconocida. Aunque no parecía que aquella Gisela hubiera tenido ningún problema para relacionarse con él, ya que al empezar a llorar el niño había lanzado los brazos hacia ella. Pero lo último que Lily necesitaba era entregar a su hijo a una extraña y ver cómo lo consolaba, especialmente después de todo lo que le había ocurrido ese día.

Se había soltado el pelo antes de sonreír y consolar a su hijo, que se había acabado calmando. Después, lo había llevado a su habitación para ponerlo a dormir. A pesar de que sentía que el corazón se le había llenado de ternura, las manos le temblaron al contemplar el rostro durmiente de su bebé. Lo había echado de menos y había temido por él. Sus vidas nunca volverían a ser las mismas, aunque de momento, tan sólo sentía alivio de volver a verlo.

Levantó la mirada al ver que la puerta se abría. Nico apareció. Su rostro reflejaba emociones que Lily no llegaba a comprender. Se había quitado la chaqueta y el contraste de su camisa blanca con su piel bronceada era impactante. No quería mirarlo, pero era incapaz de apartar sus ojos. Su marido era un extraño para ella, aunque tenía con él un gran vínculo: aquel niño al que tanto quería, era hijo suyo también.

Nerviosa, Lily se pasó la lengua por los labios. Parecía increíble que aquel hombre extranjero, tan diferente a todos los que había conocido, fuera el padre de su bebé. ¿Cómo habían superado aquellas diferencias? ¿Cómo volverían a superarlas?

Nico se acercó a la cama y miró al pequeño que dormía entre las almohadas. Lily sintió que su corazón se aceleraba. El parecido era sorprendente.

–Es increíble –dijo él–. Había pensado que quizá...

Él sacudió la cabeza y Lily se mordió el labio. Quería preguntarle qué era lo que estaba pensando, pero no fue lo suficientemente valiente para hacerlo. Nico alargó el brazo para acariciarlo, pero ella lo detuvo.

–No –dijo–. Lo despertarás.

Su mirada atormentada se encontró con la de ella. Le sorprendía verlo tan vulnerable e inseguro. Él era Nico Cavelli, el príncipe heredero de Montebianco, pero en aquel momento parecía un hombre solitario y perdido. Eso hizo que su corazón se encogiera. Nico dejó caer el brazo a un lado. ¿De veras era tan malo que acariciara a su hijo? ¿No estaría sobreprotegiéndolo? No estaba segura, pero en aquel momento su instinto le hacía proteger a su bebé y no dejar que nadie lo tocara por miedo a que se lo quitaran.

–Siempre he tenido mucho cuidado –dijo Nico, sin dejar de mirar a su hijo–. Esto no debía de haber ocurrido.

–No –susurró Lily–. Pero no lamento que ocurriera.

–Claro que no –dijo Nico, clavando su mirada en ella–. Has ganado un reino y más riqueza de la que nunca habrías soñado.

Lily apretó la mandíbula, en un intento de evitar gritar.

–Hablaba de nuestro hijo. El resto no me importa.

–Sí, es muy fácil para ti decir eso cuando te estás beneficiando tanto de haber dado a luz a nuestro hijo.

Ira y dolor se mezclaron en su corazón.

–Espero que te asegures de que es tuyo antes de que te comprometas de por vida con nosotros.

–No hay ninguna duda de que este niño es hijo mío –dijo él mirando a su hijo–. De eso estoy seguro.

–¿Cómo puedes estar tan seguro, Nico?

–A pesar del parecido o de que las pruebas son evidentes, ¿crees que no habría ordenado una prueba de paternidad? Es mío.

Lily lo agarró del brazo.

—¿Le has clavado una aguja a mi hijo sin decírmelo? ¿Cómo te atreves? No vuelvas a hacerle nada sin antes preguntarme —dijo con voz temblorosa.

—Querrás decir nuestro hijo, Lily. Es hijo mío también. Algún día será rey.

Luego, empezó a hablar en italiano. Lily no dijo nada mientras él hablaba, a pesar de que estaba temblando por la intensidad de las emociones que la embargaban. Danny ya no era solamente suyo. Era un príncipe, un futuro rey, una persona a quien no podía comprender desde su perspectiva de mujer de una pequeña ciudad americana. ¿La despreciaría algún día? No podía soportar pensar en ello y contuvo el aire al ver a Nico alargar el brazo y acariciar la mejilla de Danny. Esta vez, no hizo nada para intentar detenerlo.

Poco después, él se giró hacia ella, con la mirada gélida.

—Cenaremos en una hora. Estate lista.

—Creo que debería quedarme con Danny. Ha tenido un día largo y me necesita.

—Gisela está capacitada para cuidar de él. Te lo aseguro. Es una niñera muy buena.

—No quiero una niñera —protestó Lily—. No hace falta.

—Tienes mucho que aprender, Lily. Las princesas tienen muchos deberes y, si vas a cumplirlos todos, es necesaria una niñera.

Lily respiró hondo.

—Necesita una madre, no una niñera.

—La cena será dentro de una hora —dijo Nico—. Vamos a cenar con el rey y la reina. Negarse no es una opción.

Lily no supo qué decir al verlo marchar. Al llegar a la puerta, él se giró.

–Vístete de etiqueta. Gisela cuidará de nuestro hijo.

La cena tuvo lugar en los apartamentos privados de los reyes, en un ala diferente del palacio. Si las habitaciones de Nico eran grandes, aquéllas eran impresionantes. Lily trató de no clavar la mirada en los cuadros, los frescos y los bajorrelieves, ni en los lacayos, que parecían sacados de otra época con sus pelucas empolvadas y sus pantalones de seda hasta la rodilla.

Nico había enviado dos mujeres para que la ayudaran a vestirse. Le estaba agradecida, puesto que tenía que reconocer que nunca lo hubiera conseguido sola. Llevaba puesto un vestido tan especial como los que las actrices de Hollywood se ponían para las entregas de premios. Tenía el pelo recogido en un moño y lucía una fortuna en joyas. El propio Nico le había abrochado un collar de diamantes mientras ella se colocaba los pendientes y la pulsera con manos temblorosas.

En la hora que hacía que estaban allí, la reina no se había molestado en mirarla y el rey no había dejado de fruncir el ceño. Y lo que era peor, hablaban en italiano. Aunque quizá fuera lo mejor, ya que así no tenía que contestar preguntas o pensar en el tema de conversación.

No tenía ni idea de qué estaban hablando, pero adivinaba tensión en el rostro de Nico. Especialmente, cada vez que la reina Tiziana decía algo. En cada ocasión, él cerraba los puños. No estaba segura de si era consciente de ello o no.

¿En dónde se había metido? Se juró que nunca dejaría a su hijo a solas con ellos. No estaba segura de si eran así de fríos o era simplemente su actitud majestuosa. Quizá fueran muy agradables una vez los conociera, pero tenía serias dudas. Hasta que estuviera segura, protegería a su hijo.

Cuando Nico se puso de pie y le informó de que era el momento de marcharse, tomó su mano sin rechistar y se fue con él. El rey dijo algo, pero Nico lo ignoró. El rey volvió a hablar, esta vez con más firmeza y Nico se detuvo. Lentamente, se dio media vuelta, dijo unas palabras e hizo una reverencia. La expresión del rey se ablandó, pero no la de la reina.

–Buenas noches, hijo –dijo–. Buenas noches, Liliana. Gracias por acompañarnos.

Lily parpadeó e hizo una reverencia. Le pareció lo más adecuado.

–Gracias por invitarme, Majestad.

Para cuando llegaron a las habitaciones de Nico, Lily había conseguido tranquilizarse. ¿Por qué la había obligado a soportar aquello? Era humillante. Ni siquiera cuando había trabajado en la gasolinera de Lucky en el turno nocturno por un sueldo mísero, se había sentido tan mortificada. Era como si hubiera sido invisible.

–¿Qué ha pasado esta noche? –preguntó, dejando el chal en un sofá de terciopelo.

–Has cenado con Sus Majestades, el rey y la reina de Montebianco. Encantadores, ¿verdad? –dijo Nico, mirándolo con los ojos entrecerrados.

Aquel comentario no parecía esperar respuesta. De hecho, Nico fue hasta la barra y se sirvió una copa de brandy antes de ofrecerle con un gesto algo de beber. Lily negó con la cabeza y él se acercó a la ventana, de espaldas a ella, con una mano en el bolsillo mientras daba un sorbo a su bebida. Por extraño que fuera, sentía lástima de él y preocupación por su hijo.

–Tiene que ser muy peculiar educarse en un palacio –comentó ella y miró a su alrededor.

–Cierto –dijo–. Pero no siempre he vivido aquí. Pasé mis primeros seis años con mi madre.

–¿Tu madre? Pensé que la reina...

Nico rió con amargura.

–La reina Tiziana no es mi madre, *cara*. Mi madre murió hace años.

Lily jugueteó con el anillo de su dedo, sintiéndose repentinamente incómoda.

–Lo siento, no quería...

–No importa –replicó él–. La vida es muy incierta. No podemos mirar atrás con resentimiento. Eso no ayuda en nada.

Lily sintió que su enfado desaparecía y que el interés por su marido aumentaba. Estaba claro que su vida no había sido perfecta.

–¿Dónde viviste antes de venir aquí?

Él se sentó frente a ella, meciendo la copa de brandy en su mano.

–No demasiado lejos.

Lily no supo muy bien qué decir. No estaba segura de que quisiera contarle nada. ¿Cambiaba su opinión de él al saber que había perdido a su madre de pequeño y que había tenido que vivir con aquella fría pareja? No quería ablandarse, ni tener que mirarlo de una manera diferente. La había obligado a casarse con él, había sobornado a Carla para que le entregara a Danny y había cambiado su vida, sin tener en cuenta sus deseos. Despreciaba sus modos autocráticos, pero aun así...

–Mi madre tenía un apartamento en Castello del Bianco y una villa de lujo a varios kilómetros al sur en la costa. No era una mala vida –dijo él encogiéndose de hombros–. Siento que hayas tenido que cenar con ellos,

Liliana. Mi padre es agradable, pero cuando la reina está cerca, se muestra más reservado. Está enfadado conmigo, pero no puedo hacer nada para arreglarlo. Ya se le pasará.

–Te lo agradezco.

Él se puso de pie y dejó la copa en una mesa.

–Deja que te ayude a quitarte el collar.

Lily se llevó las manos al cuello. Sí, el collar con aquel cierre tan complicado que nunca habría podido ponerse sola. Se acercó a él, se giró y se quedó esperando, con el corazón latiéndole a toda velocidad. Las manos de Nico, grandes y suaves, se posaron en sus hombros desnudos, haciéndola estremecerse. Lily no dijo nada. De hecho, no se dio cuenta de que había contenido el aliento hasta que sintió sus dedos en la nuca.

–Así que ésta es nuestra noche de bodas, *cara*. ¿Qué quieres que hagamos primero?

–¿Hacer?

–Sí, hay muchas cosas que podemos hacer –dijo besándola en la nuca–. Aunque también podemos irnos directamente a la cama.

Capítulo 5

NECESITABA una mujer. Hacía mucho tiempo que no se perdía en los encantos de un cuerpo femenino. Esa noche más que ninguna, le vendría bien perderse en juegos amorosos. Estaba peligrosamente al límite. Aquella misma tarde, al entrar en sus apartamentos y ver al bebé jugando en el suelo con la niñera, se sintió como si hubiera aterrizado en otro planeta. Él, Nico Cavelli, tenía un hijo.

La idea lo aterrorizaba. Todavía no lograba entenderlo, pero por primera vez desde que Gaetano muriera, Nico deseaba dejar a un lado sus obligaciones y su país, y volver a la vida despreocupada que había llevado como uno de los solteros más deseados del mundo.

Aquélla era una vida que comprendía. Siendo hijo ilegítimo, nunca había tenido que vivir su vida de una manera determinada. No se había esperado de él que se casara o que tuviera herederos. Había llevado una vida de excesos, siempre desviando la atención de Gaetano. A Tiziana eso nunca le había gustado, pero su hermano le había estado agradecido. A su hermano no le gustaba ser el centro de atención y se había sentido horrorizado ante la idea de casarse con una mujer no elegida por él.

El pánico se apoderó de Nico. La noche antes de que su hermano se despeñara por el acantilado, Nico le había dicho que se comportara como un hombre, que se casara y cumpliera su deber, sin preocuparse de la opinión de los demás. Se arrepentía de no haber sido más comprensivo y haber prestado atención a lo que Gaetano había intentado decirle. ¿Acaso sabía por qué Gaetano había saltado por el acantilado?

Nico volvió a fijarse en la mujer que tenía ante él y en la piel pálida que brillaba bajo la luz al inclinar la cabeza para que le desabrochara el collar. Necesitaba concentrarse en ella para aliviar su dolor. Había dado a luz a su hijo, un hijo que llevaría el apellido Cavelli. Aquella idea lo hacía sentirse posesivo. La sangre de sus antepasados corría por sus venas, animándolo a derribar sus barreras, a conquistarla y hacerla suya para volver a plantar su semilla en ella. Ahora era su esposa. Era correcto darle un hermano o hermana a Daniele. Su hijo no estaría tan solo como él había estado.

Hasta que fue llevado al palacio y se encariñó con Gaetano, no había tenido a nadie. Antes de su muerte, su madre lo había utilizado como una pieza más en su juego con la reina. Y aunque la reina Tiziana había intentado separar a Nico de su hermano, el cariño de Gaetano era mutuo. Se habían hecho inseparables y la vida los había apartado. Más que la vida, había sido Gaetano el que lo había decidido dando su último paso.

–Basta –murmuró Nico, haciendo que Lily se diera la vuelta en sus brazos.

Luego, bajó la cabeza y tomó sus labios. Estaba decidido a tener unas horas de paz.

La tomó por sorpresa, aunque instintivamente había adivinado lo que se avecinaba. Lily inclinó la cabeza hacia atrás, separando los labios bajo los de él, antes de que pudiera pensárselo dos veces. Aquel beso era como el que le había dado en el avión, aunque más ardiente.

En parte, sabía que tenía que resistirse, pero no quería. Deseaba perderse en su calor y sentir todas aquellas cosas que había sentido dos años atrás. No había estado con un hombre desde aquella primera vez ni tampoco lo había deseado. A pesar de su ira ante las circunstancias que los habían convertido en marido y mujer, sentía algo más profundo que un simple deseo físico por él. Después de lo que le había contado sobre su infancia, tenía sentimientos confusos. ¿Lo habría hecho a propósito para ganarse su simpatía?

No lo sabía y tampoco le preocupaba averiguarlo. Él la abrazaba con fuerza mientras sus lenguas se acariciaban. Su beso era suave a la vez que salvaje y su boca sabía a brandy. Tembló involuntariamente mientras él la estrechaba aún más y su cuerpo se acoplaba a sus curvas. No tenía ninguna duda de adónde estaba yendo. Había algo desconcertante al besar a aquel hombre con el que tenía un hijo. Él era un príncipe y ella una mujer normal, pero por algún motivo, aquella diferencia no parecía importar. Lo deseaba a la vez que quería apartarlo.

Él deslizó las manos por su espalda, la curva de sus caderas y luego encontró la cremallera oculta de su vestido. Lily jadeó. ¿Debería permitir que aquello ocurriera? ¿Debería detenerlo?

—Lily —susurró Nico junto a su mejilla antes de besarla en el cuello.

Luego, volvió a unir sus labios a los de ella y Lily supo que había perdido la batalla contra sí misma.

Cuando lo rodeó por el cuello con los brazos, Nico supo que había ganado. Se la llevaría a la cama, dándole el sitio que ocupaba en su vida. Aquella extraña sensación de estar en un tren huyendo iría decayendo y podría seguir con su vida. Una vez que consiguiera reconducirla, volvería a estar en paz. Aun así, algo no iba bien y sabía que tenía que obligarse a averiguar qué era. Después de la farsa de la cena con su padre y la reina, estaba especialmente vulnerable debido a su amargura. Si se acostaba con su nueva esposa en aquel momento, lo haría enfadado.

Enfadado con su padre, con Gaetano, con la reina y quizá también con Lily, por mentirle. No era la mejor manera de empezar. Volvió a dejar la cremallera como estaba y rompió el beso. Ella lo miró confusa y frunció el ceño.

–Deberías irte a la cama, *cara* –dijo haciendo que le soltara el cuello.

Cuando soltó sus manos, ella se rodeó con sus brazos, en un gesto que parecía ser habitual en ella cada vez que estaba desconcertada. Se la veía frágil y confusa.

Nico se pasó la mano por el pelo y se apartó de ella, lejos de la tentación. Él también se sentía desconcertado. Su cuerpo se agitaba de deseo. Sin duda alguna, necesitaba una ducha, fría y larga.

–Yo...

–¿Sí? –dijo Nico, girándose para mirarla.

–Necesito tu ayuda para quitarme esto –dijo ella acariciando el collar de diamantes.

–Claro –dijo y rápidamente le abrió el cierre del collar.

–¿Dónde quieres que deje estas joyas?

–¿Dejarlas? Son tuyas, Lily. Llévatelas a tu habitación y guárdalas bajo tu colchón o déjalas sobre la cómoda. No me importa.

–Espero que no te estés felicitando por lo que acaba de pasar –dijo, ruborizándose.

–Difícilmente, *cara* –dijo él sonriendo con amargura.

–Porque no volverás a pillarme desprevenida. La próxima vez, estaré lista.

Nico ignoró la incómoda tensión de sus ingles, recordatorio de lo cerca que había estado del paraíso.

–Eso espero, *bellisima*. Así, el juego será más divertido.

Lily golpeó la almohada y se dio la vuelta. Se había ido a la cama hacía más de dos horas, después de terminar su artículo y de enviarlo al *Register* por correo electrónico, y aún no había podido dormirse. No sabía que había sido más humillante: la cena en la que había sido ignorada o después, cuando prácticamente se había arrojado a los brazos de Nico y éste la había rechazado inexplicablemente.

Bueno, sí sabía por qué. La había besado porque debía de sentir lástima por ella después del modo en que el rey y la reina la habían tratado. O quizá porque había estado pensando en Antonella, imaginándosela desnuda y haciéndole el amor.

Lily ahogó un quejido. Se había rebajado. Recordó el modo en que se había aferrado a él, lo dispuesta que había estado para hacer cualquier cosa que le hubiera pedido y se sintió avergonzada. Era patética, pero ningún hombre la había besado como Nico lo había hecho. Quizá debería haber intentado encontrar un novio en el último año para descubrir si cualquier otro hombre podía afectarla de la misma manera. Pero había estado muy ocupada criando a Danny y no había tenido tiempo para hombres.

Lily se tumbó boca arriba y escuchó la respiración

de su bebé en la cuna que tenía al lado. Su cansancio e ira se transformaron en alivio. Danny daba sentido a su vida. No perdería la cabeza por un hombre y menos aún por un hombre que no sentía nada por ella. Nico era peligroso. Era un príncipe playboy acostumbrado a que las mujeres se metieran en su cama con tan sólo sugerirlo.

Estaba jugando con ella. No permitiría que volviera a humillarla.

La mañana siguiente no comenzó muy bien. Lily se despertó sola en su habitación y salió corriendo en busca de su bebé. No se había acordado de la niñera, tan sólo sabía que su bebé no estaba. ¿Se habría salido de la cuna? En un par de ocasiones lo había hecho en su casa. Estaba dispuesta a recorrer el palacio de arriba abajo cuando Nico la encontró en la sala de estar, llamando a Danny al borde de las lágrimas.

–No está aquí, *cara*.

–¿Dónde está? ¿Qué has hecho con él?

–No lo he secuestrado, Liliana. Está bien.

–Quiero verlo.

–No puedes –dijo y miró su reloj, antes de clavar su mirada en ella–. Nos vamos a ir unos días a mi *palazzo* privado. Ya he mandado a Gisela con Daniele. Nos encontrarán allí. Debes vestirte.

Aunque Lily estaba enfadada con él por tomar una decisión sobre Danny sin consultarla, no merecía la pena quejarse. Él se limitó a encogerse de hombros y decirle que se diera prisa.

Un rato más tarde estaba sentada junto a él en su Maserati plateado, viendo cómo avanzaban de camino a su destino. Montebianco era más bonito de lo que creía. En un momento dado, atravesaron un bosque tropical antes de aparecer en una carretera costera. Detrás de cada curva, había un acantilado mirando al mar, sobre aguas de color turquesa.

De hecho, cuanto más avanzaban, menos tráfico encontraban y eran pocas las casas que había sobre aquellos acantilados que miraban al Mediterráneo. Todo resultaba muy exótico y excitante. Ella, Lily Morgan, o más bien Lily Cavelli, estaba recorriendo la costa mediterránea con un príncipe. ¿Quién habría imaginado que eso podría ocurrirle?

–¿Está muy lejos? –preguntó después de que llevaran una hora de camino.

–Ya casi hemos llegado.

–¿Qué vamos a hacer aquí que no hubiéramos hecho en Castello del Bianco?

Nico se aferró al volante.

–En primer lugar, tendremos algo de paz lejos de los curiosos, y menos gente con la que tratar. No estarán ni el rey ni la reina. Podremos divertirnos en la playa, dar paseos, nadar... Serán como unas vacaciones.

Hacía tiempo que no disfrutaba de unas vacaciones, pero sabía a lo que se refería.

–Cuando hablas de curiosos, ¿a quién te refieres?

Él se quedó pensativo unos segundos.

–Nuestra precipitada boda no se ha ganado muchas simpatías.

–Sí, claro.

–Eres nueva en esto –dijo él mirándola–, pero podrás imaginarte que la prensa llegará muy lejos y contará historias que nos avergonzarán o nos enfadarán. Es algo con lo que aprenderás a vivir.

–¿No haces nada cuando las historias no son ciertas?

El *Port Pierre Register* era un periódico pequeño, pero

siempre publicaban las cartas de rectificación que la gente enviaba.

—No suele merecer la pena —dijo él encogiéndose de hombros.

—Nadie te molestaba en Nueva Orleans. Si hubieras atraído la atención de la prensa, estoy segura de que lo recordaría.

—Cierto, pero estaba de incógnito en la ciudad y mi hermano seguía siendo el príncipe heredero. La prensa americana no está interesada en la realeza europea.

—¿Tienes un hermano? —preguntó, pasándose un mechón de pelo detrás de la oreja.

Nico tensó el músculo de la mandíbula y por un momento, Lily creyó que no contestaría.

—Tenía un hermano, *cara mia*. Murió.

—Oh, lo siento —dijo y le tocó instintivamente el brazo.

—*Grazie*. Murió hace dos meses y sigo echándole de menos.

Lily se tragó el nudo de la garganta y apartó la mirada. Estaba tan convencida de lo tirano y playboy que era Nico, que no se había parado a pensar que tuviera un lado sensible.

Tomaron la última curva y una enorme edificación apareció ante ellos. Era un lugar moderno, muy diferente a lo que había imaginado.

—¡Pensé que habías dicho que íbamos a un palacio!

—Es un palacio, pero es mi palacio. Lo hice construir hace unos años y lo considero un hogar.

Nico apretó un botón en el coche y unas puertas de hierro negro se abrieron. Unos segundos después, entraban en el garaje que había debajo de la casa y apagaban el coche. Dentro, la casa no se parecía en nada al recargado palacio Cavelli. El mobiliario era moderno y elegante. Los sofás eran de cuero y los suelos de madera, y había alfombras orientales y piezas de arte moderno.

—Probablemente pasaremos mucho tiempo aquí, *cara*. Puedes cambiar lo que quieras.

Ella negó con la cabeza.

—No, creo que no cambiaría nada. Me gusta como está.

—Bueno, no pasa nada si cambias de opinión —dijo Nico dejando las llaves en la mesa que había detrás del sofá—. Ahora, si quieres ver la habitación de Daniele, sígueme.

La casa era grande, pero no tanto como el palacio, así que cuando llegaron a la habitación del bebé, no estaba preparada para lo que le esperaba. Había juguetes en todos los rincones de la habitación y enormes muñecos de peluche. Aunque había algunos muebles, no había ni rastro de cuna o armarios. Quizá no había habido tiempo. Al fin y al cabo, hacía sólo un par de días que se había enterado de que tenía un hijo.

—Es una suite, Lily. Por aquí —dijo sonriendo y la tomó de la mano.

Atravesaron una habitación y un enorme cuarto de baño, y llegaron a otra habitación en la que sí había una cuna, armarios, un cambiador y una pared llena de estanterías con cuentos. Gisela estaba sentada en una mecedora, pero en cuanto los vio se puso de pie e hizo una reverencia. Por primera vez, Lily reparó en lo joven que era. Apenas debía de tener veinte años, así que decidió que hablaría con Nico sobre el asunto.

—Mamá... mamá... —gimió Danny, dirigiéndose tambaleante hacia ella.

Lily se puso de rodillas y le ofreció los brazos a su hijo.

—Mamá —dijo el niño al abrazarla.

–¿Cómo está mi pequeño Danny? ¿Quién es mi bebé?

Danny rió mientras su madre le hacía cosquillas. Lily sonrió y miró a Nico. Su expresión no era la que esperaba ver. Una mezcla de dolor e ira asomaba a su rostro.

–Mamá –repitió el pequeño y empezó a balbucear algo ininteligible.

Luego, Danny alargó los brazos para que lo soltara y Lily lo dejó en el suelo. Al instante, volvió junto al camión con el que había estado jugando.

Nico observó a Danny jugar y cerró sus manos en puños, aunque estaba segura de que no era consciente de aquel gesto. Era como si se quisiera mover, como si quisiera tocar a Danny, pero no se atreviera. Entonces, se dio cuenta de que debía de sentirse como un extraño en aquel pequeño triángulo. Era él el que se había quedado apartado, mirando. Danny era hijo de Nico, pero eran unos completos extraños el uno para el otro.

–Está aprendiendo a hablar –dijo ella, sintiéndose aturdida–. Si jugaras con él, podría irte conociendo.

A su lado, Nico se puso tenso. Cuando por fin se atrevió a mirarla, su rostro era una máscara pálida. Pero sus ojos estaban en llamas.

–Llevará un tiempo –dijo ella, intentando hacerle entender–. Pero tienes que...

Nico se dio media vuelta y salió de la habitación.

Capítulo 6

ILY salió tras él, pero Nico conocía mucho mejor la casa y desapareció antes de que pudiera alcanzarlo. Se quedó en medio del salón vacío, sin saber si seguir buscándolo o regresar junto a Danny. ¿Por qué se había ido Nico tan bruscamente? Había intentado ayudarlo, haciéndole entender que le llevaría un tiempo conocer a su hijo. El dolor de su rostro le había encogido el corazón y se sentía culpable. Era culpa suya que fuera un extraño para Danny. En aquel momento, había querido arreglar las cosas.

Incapaz de encontrarlo, regresó a la habitación de Danny, le dijo a Gisela que se fuera y jugó hasta que el pequeño cayó rendido. Al meterlo en su cuna, unas lágrimas comenzaron a rodar por sus mejillas y se las secó con las manos. ¿Cuál era su problema? Había intentado ayudar, pero Nico había rechazado su consejo.

Necesitaba dar una vuelta y quemar su incombustible energía. Encontró a Gisela en el sofá de la otra habitación y le pidió que cuidara de Danny mientras dormía. Luego, recorrió la casa, asomándose a las habitaciones y saliendo a las terrazas. Esperaba encontrar a Nico y explicarle que pasar tiempo con Danny les haría bien. Pero no estaba en la casa.

Encontró la ropa que había comprado en París en un vestidor del tamaño de su apartamento. Había otro vestidor con ropa masculina junto a aquél, y se imaginó

que conducían al dormitorio principal. Tras los vestido-
res, había un cuarto de baño con ventanales mirando hacia el mar y un enorme jacuzzi frente a ellos.

¿Habría llevado allí a Antonella? Lily apartó la
idea. Se detuvo unos segundos frente al dormitorio
principal antes de entrar. Era una habitación grande
con una enorme cama. De nuevo, había ventanales con
una vista espectacular. Se dirigió a las puertas que daban a la terraza, pero se detuvo al ver tres fotos en una
mesa.

En la primera, aparecían dos chicos de edad similar,
sonriendo abrazados. La siguiente era de un hombre joven, riendo a la cámara. Se imaginó que sería el hermano de Nico. La tercera era un retrato de Nico de pequeño. Debía de haber sido tomada al poco de llegar al
palacio. Se le veía muy serio. Llevaba un uniforme muy
parecido al que había lucido la otra noche, aunque sin
medallas, espada ni fajín.

Lily tomó la foto y la estudió. El parecido con Danny
era impresionante. Se preguntó por qué la foto era importante para Nico, teniendo en cuenta que el niño retra-
tado se veía tan triste. La gente solía rodearse de fotos
que les recordaban momentos agradables.

–Me recuerda quién soy.

–Dios mío, me has asustado –dijo Lily, dándose la
vuelta y apoyando el marco contra su pecho.

Vestido de negro de la cabeza a los pies, se le veía
tan oscuro y diabólico como a un demonio. Tardó unos
segundos en darse cuenta de que se había vestido para
montar en moto. Por alguna razón, su corazón se desbocó. ¿Montaba en moto? ¿Había estado recorriendo
las curvas por las que habían llegado hasta allí? ¿Cómo
podía ser tan irresponsable? ¿Qué harían si algo le pasaba?

Se acercó a ella y su olor la embargó. Sus pezones se erizaron, cosa que la sorprendió.

–Gaetano es el de la izquierda –dijo él, señalando la foto de los dos niños.

–No era tan alto como tú –dijo ella, sin prestar demasiada atención.

Su cercanía la estaba aturdiendo. ¿Qué le pasaba? ¿Por qué no podía controlar aquella sensación cuando lo tenía cerca?

–Sí. Era tres años mayor que yo. Interesante, ¿verdad? –dijo y sin esperar respuesta, continuó–: La otra foto es de unos años más tarde. Gaetano se estaba riendo de algo, no recuerdo de qué. Aquel verano fuimos a Australia y nunca lo había visto sentirse tan libre. Era algo extraño en él, claro que había que conocerlo para darse cuenta.

–Quizá no le agradara ser el príncipe heredero –dijo ella.

¿Quién lo sería en un sitio tan triste como parecía ser el palacio Cavelli?

–Sí, creo que fue eso, aunque nunca me lo dijo.

Lily pensó en su madre y en cómo nunca había llegado a entender las decisiones que tomaba. Vivía su vida pendiente de un hombre y se sentía deshecha cada vez que él se iba. Quizá no fuera lo mismo, pero al menos Lily sabía lo que era querer a alguien sin comprenderlo.

–¿Qué le pasó?

Nico tomó el marco de las manos de Lily y miró al niño de la foto.

–Se suicidó, *cara*.

Sorpresa y pesar la embargaron. ¿Cómo le había afectado a Nico la muerte de su hermano? ¿Y a los reyes?

–Lo siento mucho. Nadie debería perder a un ser querido de esa manera.

No parecía el comentario más adecuado, pero no se le ocurrió otra cosa.

–No, no debería ser así –convino él.

Quería preguntarle más acerca de su hermano, pero temía hacerlo. Estaba sorprendida de que estuviera hablando con ella, después del modo en que la había mirado antes. Quería abrazarlo, pero en vez de eso, cambió el tema de conversación.

–¿Cuántos años tenías en esa foto?

–Seis. Mi madre había muerto tres días antes. Tardé un tiempo en asumirlo. Perdí a mi madre, pero gané un hermano.

Lily sintió que los ojos se le humedecían.

Un hermano al que también había perdido.

–¿Fue duro crecer en palacio?

–No tengo con qué comparar.

No se imaginaba a la reina siendo amable con un niño que acababa de perder a su madre, teniendo en cuenta que su marido había faltado a sus votos matrimoniales.

–Has debido de echarla mucho de menos.

–Apenas la recuerdo, *cara*. Siempre estaba ocupada y de repente un día ya no estaba.

Lily tragó el nudo que se le había formado en la garganta. Ningún niño debería sentirse solo. Se quedó a su lado, inmóvil, sintiendo su presencia. Aunque su vida hubiera dependido de ello, no habría podido apartarse.

Nico dejó la foto y se separó. Lo siguiente que se escuchó fue la cremallera de la chaqueta de cuero, antes de que Nico la dejase en una silla. Llevaba una camiseta blanca que resaltaba sus músculos y unos pantalones de cuero estrechos, y tenía el pelo revuelto. Podía imaginárselo montando en moto en mitad de la noche, con una mujer agarrada a su cintura, consciente de que le esperaba una noche de placer con él.

Quería ser esa mujer. Deseaba arrancarle la camiseta y...

–¿Necesitas algo, Lily?

–No, yo... –dijo y respiró hondo–. Claro que no. ¿Por qué lo preguntas?

–Puedo darte lo que necesites. Sólo tienes que pedirlo.

–Yo... No, nada, estaba distraída. Lo siento, ¿qué estabas diciendo?

–No importa –dijo él observándola–. Prefiero que me cuentes lo que estabas pensando.

–Será mejor que vaya a ver si Danny se ha despertado –dijo ella, conteniendo los escalofríos que recorrían su cuerpo.

¿Cómo era posible que le provocara aquella sensación? ¿Cómo podía haberla mirado antes con tanta frialdad y estar ahora flirteando con ella?

Porque era un experto, un donjuán que había seducido a cientos de mujeres. No podía olvidar con quién estaba tratando. No sentía nada por ella, tan sólo estaba reaccionando a las vibraciones que percibía de ella.

Nico acortó la distancia que los separaba.

–¿Qué ocurre, Liliana? ¿Temes admitir lo que ambos sabemos?

–No tengo miedo de ti –contestó, echando la cabeza hacia atrás.

Su sonrisa malévola apareció al instante.

–¿Acaso he dicho que lo tuvieras? –dijo y tomó un mechón de pelo que ensortijó entre sus dedos–. Es inevitable, Lily. Terminaremos en la cama, probablemente antes de lo que piensas. No tienes que luchar contra ello.

Lily trató de hablar con normalidad.

–No lucho contra nada, siento desilusionarte.

Nico le rozó el cuello con los dedos y sonrió al sentir su pulso.

–Quizá deberíamos poner a prueba esta teoría...

Lily reunió toda la fuerza de voluntad de la que fue capaz y se apartó de él.

–No hay nada que poner a prueba, Nico.

–Corre, Lily. Huye antes de que te encuentres desnuda en mi cama. Porque si empezamos esto, no terminaré hasta que hayamos terminado.

Su cuerpo se estremeció de miedo. O más que de miedo, de deseo y anhelo.

Un minuto más, y sería ella la que lo arrastraría hasta la cama y le arrancaría la camiseta y los pantalones.

Lily salió de allí y lo oyó reír mientras se alejaba por el pasillo.

Nico se metió bajo la ducha, disfrutando del agua fría después de su paseo en moto por la costa. No, era más que eso. Necesitaba sentir el agua fría para calmar el deseo que sentía por su mujer.

Sólo había pasado un día y sentía una mezcla de incredulidad y desconcierto ante la idea de tener esposa. Su proximidad, el hecho de que fuera atractiva y de que no hubiera estado con una mujer recientemente, debían de ser los motivos, por no mencionar el modo en que lo había mirado unos minutos antes. Todavía le duraba la erección. Podía aliviarse solo, pero no sería lo mismo. Puso el agua fría y soportó la sensación sobre su piel.

Cerró los ojos, apoyó la cabeza en la pared y dejó que su excitación se fuera amainando.

¿Cómo podía desearla de aquella manera después de que la hubiera visto con su hijo y se hubiera percatado de lo mucho que se había perdido de la vida del niño?

Danny, como ella lo llamaba, sabía decir mamá. Sabía quién era su madre, pero desconocía al hombre que estaba junto a ella.

Lily lo había animado a jugar con el pequeño, pero la idea no le había gustado. Sólo serviría para evidenciar lo inseguro que se sentía, lo mucho que le dolía ser un completo desconocido para su propio hijo. En realidad no sabía nada de niños. Nunca había pasado más de unos minutos con uno. Él, que controlaba cada faceta de su vida, no tenía ni idea de qué hacer con su hijo y eso le molestaba.

En vez de acercarse a su hijo, había salido huyendo como un cobarde. Pero tantas emociones se habían acumulado en aquel momento, que no había sabido bien qué hacer y se había ido a dar un paseo en su Ducati.

Cada vez que recordaba el momento en el que su bebé había corrido hacia Lily, volvía a tener la sensación de estar de más. Recordarlo lo ayudaban a no desear a Lily tanto. Pero aun así, la deseaba. Y sabía lo que quería hacer. No se escondería en su propia casa para evitar a su esposa y seguir siendo un extraño para su hijo. No. Aprendería a ser un padre y se llevaría a la cama a su esposa.

Muy pronto, estaría rogándole sus caricias. Prácticamente, acababa de hacerlo. Si había algo que supiera hacer, eso era seducir a una mujer. Aunque podía obligarla a compartir su cama, la idea le resultaba absurda. El príncipe Nico Cavelli nunca había tenido que ordenar a una mujer que se desnudara para él. No iba a hacerlo ahora y menos aún con la mujer con la que se había casado.

A la mañana siguiente, Lily se sentía rara. Había pasado la noche destemplada. De pronto sentía frío, de pronto calor. Cada vez que se había despertado sudando, había coincidido con algún sueño acerca de cierto príncipe vestido con ropa de moto.

Hacía mucho tiempo que no soñaba con sexo. Había habido imágenes de piel contra piel, de sus labios sobre los de ella, de su miembro hundiéndose en ella, llenándola de un intenso placer.

Habría creído que todas aquellas cosas habían pasado si no hubiera sido porque cada vez que se había despertado, lo había hecho sola, jadeando de placer. Por muy deliciosos que fueran aquellos sueños, tenía que resistir la tentación de arrojarse a sus brazos. Porque al final, sólo habría dolor. No era tan inocente como para pensar que se las podría arreglar toda una vida sin acostarse con él. Ahora estaban casados y Nico querría tener más hijos, al igual que ella. Pero tenía que haber un punto en el que pudiera aislar su parte más vulnerable. Le llevaría un tiempo descubrirlo, pero lo haría. Por su bien y por el de Danny. Hasta entonces, tenía que tener cuidado.

Cuando salió del vestidor, fue a la habitación de Danny. Al ver que no estaba allí, se fue a la cocina. Oyó voces y percibió el olor a comida según se acercaba, pero la visión que la aguardaba en aquella estancia grande y soleada era algo que no esperaba. Nico tenía una sartén en la mano y una espátula en la otra. Al verla, sonrió y Lily sintió que el corazón se le encogía.

—Así que por fin te has decidido a honrarnos con tu presencia.

—Son las ocho y media.

—Sí, pero llevamos levantados desde las seis.

Lily miró hacia el rincón en el que Danny jugaba con unos bloques. Al verla, se puso de pie y corrió hacia ella riendo. Lo tomó en brazos y lo cubrió de besos. Luego, se giró hacia Nico, que seguía atento a la sartén.

–¿Qué estás haciendo?

Él alzó la mirada.

–Huevos. Para ti.

–¿Para mí? –preguntó Lily arqueando las cejas.

–Sí –respondió él sonriendo–. No te sorprendas tanto, *cara mia*. Sé cocinar algunas cosas, como huevos.

–¿Por qué iba a necesitar cocinar un príncipe?

Nunca se lo había imaginado cocinando y menos para ella. Desde luego, no era algo que pasara en los cuentos de hadas que había leído de pequeña. Su príncipe estaba resultando ser un hombre sorprendente.

–Los príncipes han de saber muchas cosas –dijo, moviendo la espátula en la sartén–. Además, la reina disfrutó haciéndome aprender tareas que consideraba de baja categoría.

–¿Las aprendió también tu hermano? –preguntó Lily, frunciendo el ceño.

–Sí, pero sólo porque desobedeció a su madre para estar conmigo –dijo él encogiéndose de hombros–. No hablemos de esto, ¿de acuerdo?

Danny empezó a protestar y Lily lo dejó en el suelo. Enseguida regresó junto a sus juguetes.

–¿Has estado cuidando a Danny?

Se dio cuenta de la tensión en los hombros de Nico y eso le preocupó. ¿Por qué tenía miedo de pasar tiempo con su hijo? ¿Acaso pensaba que no lo desaprobaba? Le incomodaba pensar que hasta hacía veinticuatro horas, así había sido. Y aunque una parte de ella seguía sintiendo envidia ante la idea de que Danny pudiera necesitar a alguien que no fuera ella, quería lo mejor para su hijo. Un padre feliz y comprometido era lo mejor para todos.

–Gisela le ha dado de comer y lo ha vestido y hemos

estado jugando durante la última hora mientras ella está en el gimnasio.

–¿Gimnasio?

Nico volvió a sonreírle.

–Tienes muchas preguntas esta mañana, *mi principessa*. Quizá la comida ponga remedio a eso. Pero sí, hay un gimnasio en casa. Va muy bien para que todo el mundo se mantenga en forma.

Se lo imaginó levantando pesas y pensó que su corazón se iba a detener. De nuevo, su mente insistió en vestirlo con pantalones de cuero y la camiseta húmeda. Nico le indicó que se sentara en un taburete de la isleta de la cocina y le colocó el plato delante mientras servía café.

–Esto está bueno –dijo ella y él rió.

–Creías que no podría hacerlo, ¿verdad?

–Es cierto, pensé que no podrías –dijo Lily sin poder evitar sonreír–. ¿Quién se atrevería a decirle a un príncipe que sus huevos saben a quemado? Quizá nadie te haya dicho antes la verdad.

Lily volvió a degustar los huevos revueltos. Eran cremosos, suaves y sabrosos. ¿Cuánto tiempo había pasado en la cocina?

–Ahora en serio, están muy buenos.

–Te los habría preparado hace dos años –dijo él, recordando aquella mañana–, pero no había cocina en nuestra habitación.

Lily dio un sorbo a su café, confiando en que pareciera que el rubor de sus mejillas se debía al calor del líquido. Aquella situación, sentada con él como si fueran una pareja feliz, le resultaba incómoda. No quería recordar aquella noche, al menos no en ese momento.

–Debió de ser toda una experiencia para ti, pasar la noche en un hotel barato como aquél.

Los ojos de Nico brillaron perversos.

–No recuerdo la habitación, *cara*. Tenía una cama. Lo demás no era importante.

–Te fuiste antes de que me despertara –dijo ella.

Sabía que su voz transmitía una nota de acusación. Aquella mañana se había sentido decepcionada al despertarse y comprobar que se había marchado. Pero le había dejado una nota y supo que era cuestión de horas el que volvieran a encontrarse. Excepto que él nunca había aparecido. Había llorado durante dos días al darse cuenta de lo estúpida que había sido. Se había entregado a un hombre que la había usado para su propio placer y después la había abandonado.

Nico puso su mano sobre la de ella, sobre la encimera de mármol.

–No quería irme, pero el deber me llamó como ya te conté. Por desgracia, tuve que regresar a Montebianco cuando supe el alcance de lo que había ocurrido.

Quería entenderlo. Los sentimientos que había experimentado habían sido nuevos para ella. Había sido la primera vez que alguien le había roto el corazón. Se había enamorado del hombre al que había elegido para entregarse y, cuando se había dado cuenta del error que había cometido, la realidad había sido devastadora.

–Fue la primera vez que mi hermano intentó suicidarse, Liliana –dijo él acariciándole la mano.

Su tristeza la sobrecogió. Había estado tan sumida en ella misma y en sus sentimientos que no había considerado que algo terrible podía haber pasado. Ahora, volvía a sentir aquella sensación de culpabilidad. Era como si el universo hubiera conspirado para alejarlos.

Aun así, no podía engañarse. Aunque hubiera aparecido aquella noche, su relación no habría durado. Él era un príncipe y ella no era nadie.

–Lo siento mucho, Nico. No me imagino lo duro que debe de haber sido para tu familia y para ti pasar por algo así.

Él la tomó por la barbilla, obligándola a mirarlo.

–Tampoco debió de ser fácil para ti que no volviera, ¿verdad? Habría estado allí si me hubiera sido posible.

Quizá, así habría sido, pero no quería seguir pensando en ello. Aquella chica inocente ya no existía. Había quedado oculta entre la realidad y la maternidad.

–No podemos cambiar el pasado –dijo soltándose.

–Sí, pero... –dijo Nico y miró hacia abajo–. ¿Qué quieres, pequeño?

Lily dejó el tenedor y se puso de pie. Danny estaba de pie junto a Nico, tirando de su pantalón con una mano. Tenía el otro brazo estirado hacia arriba y abría y cerraba la mano.

–Quiere que lo tomes en brazos –dijo, mordiéndose el labio para evitar derramar lágrimas.

Nico la miró, con una expresión de miedo y confusión en su rostro.

–No te preocupes, Nico. Enseguida querrá que lo vuelvas a dejar en el suelo.

Se inclinó y tomó a Danny en brazos. Luego, la miró como si necesitara que le diera más instrucciones. Por su parte, el pequeño estaba encantado de estar en las alturas. A los pocos segundos, Danny rodeó a Nico por el cuello y balbuceó una serie de palabras ininteligibles.

–¿Qué ha dicho?

–A mí también me gustaría saberlo.

–Pensé que las mujeres entendíais a los bebés.

–Sé cuando quiere algo, pero a veces no está tan claro. Creo que lo que le gusta es oír su voz.

Danny tocó la nariz de Nico y luego se tocó la suya.

–*Naso* –dijo Nico–. Nariz.

Danny rió y Nico le devolvió una sonrisa. Lily los observó maravillada. Los dos tenían el pelo oscuro, la piel morena y los mismos ojos.

–¿Por qué estás llorando, Liliana? –preguntó Nico frunciendo el ceño.

–¿Cómo? –dijo ella secándose rápidamente las lágrimas–. No es nada.

–Mamá.

–¿Qué quieres, hijo? –preguntó Lily sonriendo.

El pequeño lanzó los brazos hacia ella. Lily miró a Nico, que ya le estaba acercando al niño. Un segundo más tarde, tenía a su bebé en brazos. Le hizo cosquillas en el ombligo y luego besó su carita hasta que protestó. Al minuto siguiente, el niño estaba en el suelo junto a sus juguetes.

–Es increíble –dijo Nico con cierto orgullo.

–Por supuesto que sí. Es el niño más increíble del mundo.

Nico la miró y ambos rieron.

Los días siguientes fueron los más idílicos en la vida de Nico. Pasó todo el tiempo que pudo con Lily y con su hijo. Sin prisas, continuó el lento proceso de seducción de Lily, disfrutando de cada instante. La rozaba cada vez que le era posible: al pasar junto a ella, al recoger alguna cosa... Eso le estaba volviendo loco. Deseaba desnudarla y hacerle todas aquellas cosas que no había podido hacerle la primera vez por su inexperiencia. Quería pasar días conociendo su cuerpo, aprendiendo a saber lo que le gustaba. Así, cuando hicieran el amor por segunda vez, habría merecido la pena.

También se estaba sintiendo más cómodo con su hijo. Ya no sentía pánico cada vez que Danny quería que lo tomara en brazos. De hecho, había descubierto que era muy sencillo hacer a un niño feliz. ¿Por qué no se había dado cuenta antes? Con tan sólo hacerle cosquillas o ponerle caras, el pequeño estaba encantado. Y Lily también.

Por primera vez desde que Gaetano muriese, se sentía feliz. Llevó a su familia a la playa, a dar paseos e incluso a restaurantes en donde los dueños eran discretos. Había conseguido deshacerse de los periodistas que acampaban a las puertas del palacio y estaba contento de que no hubieran vuelto. Sólo había habido un helicóptero que había invadido su intimidad, pero con una simple llamada de teléfono había conseguido que se fuera.

Un día, al volver de la playa con Lily y Danny, encontró una carta de su padre en su despacho. Abrió el sobre y leyó el contenido. Como era de esperar, el rey Paolo de Monteverde no estaba contento. Paolo tenía fama de ser violento, aunque Nico estaba seguro de que no iría tan lejos como para iniciar hostilidades entre ambos países sólo porque su hija hubiera sido plantada.

Se dejó caer en una silla, sin reparar en la arena que tenía pegada al cuerpo y hundió la cabeza entre las manos. Lo cierto era que Montebianco podía verse perjudicado si los acuerdos comerciales se veían afectados. La economía de su país dependía del aceite de oliva, de la moda y del mineral procedente de Monteverde. Podían conseguir materias primas en otra parte, pero ¿a qué coste? ¿Cuántos hogares sufrirían una reducción en sus ingresos?

Nico había contado con vender vinos y productos de cuero a Monteverde para equilibrar la balanza y hacer entrar en razón al rey Paolo. Pero el rey era muy testarudo. A pesar de que prefería quedarse allí, había llegado el momento de regresar al palacio Cavelli. La gente de Montebianco tenía que saber que su príncipe estaba preocupado por el bienestar de sus súbditos y de que no podía fallarlos.

El día en que Gaetano había muerto, su hermano le había dicho que era él el que debía ser el príncipe heredero, puesto que era más fuerte y capaz, la clase de hombre que Montebianco necesitaba. Nico le había contestado que no fuera ridículo, que él era un buen príncipe y que llegaría a ser un buen rey. Nico se había limitado a sonreír. Pero más tarde, aquel mismo día, habían discutido.

–No quiero casarme, Nico –le había dicho por enésima vez.

Nico, cansado y frustrado por la negativa de su hermano a cumplir con su deber cuando siempre había sido un privilegiado, se había marchado.

–A veces tienes que hacer cosas que no quieres, Gaetano. Es tu deber como príncipe heredero y futuro rey.

–Pero no puedo ser su marido –había replicado con tristeza.

–Lo único que tienes que hacer es dejarla embarazada y asegurar la sucesión.

–No lo entiendes, Nico. No puedo. Ella es... es...

–Puedes y debes hacerlo.

Nico seguía arrepintiéndose por no haber dejado que su hermano le dijera lo que tenía en la cabeza. Le había dicho que no podía casarse con una mujer. ¿Por qué había tenido tanto miedo de escuchar aquellas palabras? ¿Por qué si siempre lo había sabido? ¿Por qué no se había limitado a decirle a su hermano que lo quería por encima de todo? Nunca había tenido la oportunidad de decirle aquellas palabras. A primera hora del día siguiente, Gaetano se había arrojado por el acantilado.

Nico daría cualquier cosa por tenerlo a su lado otra vez. Puesto que eso era imposible, haría lo único que podía hacer: honraría el recuerdo de Gaetano siendo la clase de príncipe heredero que su hermano pensaba que sería.

Cumpliría con su deber, fuera cuál fuese el coste personal.

Capítulo 7

A LILY se le subió el corazón a la garganta.

–¿Que quieres hacer qué?

–Ven conmigo, Liliana. Será divertido –dijo Nico, con el casco en una mano.

–Nunca he montado en moto. No sé hacerlo.

–Sólo tienes que sujetarte a mí –dijo él tomándola por la cintura–. Puedes hacerlo, ¿no?

Había algo en su mirada que decía que no quería ir solo.

–No sé si será seguro.

Nada relacionado con Nico era seguro. En los últimos días, Nico había empezado a gustarle del mismo modo en que le había gustado en Nueva Orleans. A pesar del modo en que habían empezado en esta ocasión, su corazón se encogía cada vez que lo veía con Danny. Cuando le hablaba en italiano al bebé, diciéndole alguna tontería o haciéndole reír, Lily sentía que se derretía un poco más.

Tener un bebé hacía cambiar a la gente. ¿Habría cambiado a Nico? ¿Estaría disfrutando la paternidad? ¿Sería Danny tan importante para él como lo era para ella? Las pruebas decían que sí, pero había aprendido a no fiarse de las apariencias. Su padre había hecho feliz a su madre durante temporadas, antes de romperle el corazón en repetidas ocasiones. Era una lección que Lily tenía que recordar.

–Iremos despacio, te lo prometo.

Lily se recreó en la deliciosa fantasía de su cuerpo. ¡Aquel traje de cuero! No había sido capaz de quitárselo de la cabeza desde el día en que se lo había visto puesto.

–No tengo ropa adecuada.

–Vaqueros, botas y una chaqueta será lo único que necesites para ir a donde vamos.

–¿Adónde vamos?

Nico esbozó una sonrisa sincera y Lily sintió que su pulso se aceleraba.

–Es una sorpresa.

Quince minutos más tarde, Lily se subió a la parte trasera del sillín y se ajustó el casco. Al arrancar el motor, rodeó con sus brazos a Nico y el olor a cuero, plástico y gasolina la envolvió. La moto era llamativa, roja y plata, y ronroneaba como un felino. Hasta que la aceleró.

–*Maledizione* –dijo Nico–. Espera, *cara*.

–Nico, por favor –dijo, arrepintiéndose de haber accedido a aquello–. No me gusta ir tan deprisa.

–Fíate de mí –replicó él–. No te haré daño, Lily.

Ella no dijo nada y se limitó a abrazarse a él con fuerza y apoyar la cabeza en su espalda. La moto rugía mientras avanzaba a una velocidad increíble por la carretera de la costa.

–Estamos llegando a una curva. Inclínate como yo, ¿de acuerdo?

Como si pudiera hacer otra cosa. Nico apenas frenó, giró inclinándose hacia la izquierda y enseguida salieron de la curva como si fueran una flecha. Lily contuvo el aliento y giró la cabeza para mirar hacia atrás. Habían dejado atrás una camioneta que los seguía.

–¡Creo que los hemos perdido!

–Te oigo, no hace falta que grites.

–Perdón.

–Unos minutos más y saldremos de la carretera.

Lily se sujetó con fuerza al torso de Nico y volvió a respirar cuando la velocidad aminoró. Tomaron un camino de tierra, rodeado de arbustos, que bajaba una colina. Continuaron avanzando unos minutos, antes de volver a girar y llegar a una playa recóndita.

Nico llevó la moto hasta la orilla y condujo por la tierra húmeda y compacta. Fueron lo suficientemente despacio como para que Lily pudiera incorporarse y mirar las olas. Una banda de nubes oscuras bloqueaba el sol. En apenas unos minutos, el día había pasado de claro a gris.

–¿Lloverá? –preguntó ella.

–Posiblemente –contestó Nico mirando al cielo.

No parecía preocupado, así que Lily no dijo nada más. Poco después, él detuvo la moto junto a una gran roca en mitad de la arena.

–Dame la mano y bájate –dijo–. Ten cuidado con el tubo de escape. Está muy caliente.

Lily hizo lo que le dijo y se quitó el casco. Luego, Nico hizo lo mismo.

–Ha sido divertido, ¿verdad?

–No demasiado –contestó Lily–. Demasiado rápido para mí.

–A veces, es mejor ir deprisa –dijo Nico esbozando aquella sonrisa que hacía que su pulso se acelerara.

Parecía más relajado que días antes. No sabía lo que le había cambiado, pero se alegraba.

Nico dejó los cascos en el sillín y luego la tomó de la mano y la condujo hasta las rocas que había a unos metros.

–¿Adónde vamos? –preguntó ella de nuevo.

–Casi hemos llegado.

No tenía ni idea de lo que quería enseñarle. Ya le había llevado a uno de los sitios más bonitos de la costa. Rodearon el acantilado y Lily se quedó inmóvil. Nico se giró para mirarla.

–Es extraordinario, ¿verdad?

Lily sólo pudo asentir con la cabeza. En medio del acantilado estaba el esqueleto de un barco de madera. La nave estaba ladeada y la madera se había ennegrecido con el paso de los años. La brisa proveniente del océano agitaba los restos de una bandera.

–¿Es un barco pirata? –preguntó y, nada más hacerlo, se sintió como una estúpida por ver demasiadas películas.

–No. De hecho, no es tan viejo como parece. Es una réplica de los tiempos en los que la riqueza de Montebianco provenía de rutas de navegación. Se hundió durante una regata hace muchos años y la corriente lo arrastró hasta aquí.

–¿Por qué no lo han llevado a un museo?

–Supongo que porque no hay interés suficiente –contestó él encogiéndose de hombros.

Nico se encaminó hacia el barco y ella lo siguió. Podía imaginárselo en el puente de mando, dando órdenes a sus hombres para que se lanzaran a la batalla. Eso le hizo pensar en la historia de aquel país y en la ristra de reyes de la que su marido descendía. La larga ristra de reyes de la que su hijo descendía.

De repente, se sintió tan perdida que se asustó. ¿Qué estaba haciendo allí? ¿Por qué se había casado con ella un futuro rey? ¿Qué ocurriría cuando se diera cuenta de que no era la más adecuada para aquel papel? Le quitaría a Danny y la mandaría de vuelta a América.

No. No haría una cosa así. No podía hacerlo. Había perdido a su madre y eso debía de influir en algo, ¿no?

Nico se agachó, tomó una piedra y la lanzó contra el barco. Lily lo observó. Parecía preocupado por algo. Estaba mirando por un agujero que había en el casco y de repente se dio la vuelta para mirarla.

–*Cavolo* –dijo bajando de un salto y corriendo hacia ella–. Tenemos que ponernos a cubierto –añadió, tomándola del brazo y haciéndola correr en la dirección por la que habían venido.

Entonces, Lily vio lo que le había alarmado. Las nubes negras del cielo estaban aún más bajas y el viento estaba tomando fuerza, agitándole el pelo. Podía saborear la sal en la boca y se apartó el pelo para poder ver. Un tornado avanzaba por el agua, dirigiéndose a la playa.

–Dios mío, ¿hay tornados aquí?

Lily recordó la pesadilla que había dejado en Luisiana.

–Sí. Probablemente no toque la costa, pero estará lloviendo fuerte durante un buen rato –respondió al llegar junto a la moto–. No te pongas el casco, no tenemos tiempo para alejarnos.

–¿Qué vamos a hacer, quedarnos junto a esta roca y esperar que no pase nada?

–Hay una cueva aquí cerca. Esperaremos dentro a que pase lo peor –dijo y su sonrisa restó importancia a la situación–. No te preocupes, *cara*, en media hora el sol estará brillando otra vez.

Nico empujó la moto siguiendo el contorno del acantilado durante unos metros hasta que llegaron a una apertura entre la roca blanca. Lily lo siguió, sin saber qué le esperaría dentro. ¿Un espacio reducido y oscuro en el que no veía a un metro de su cara? La idea no le agradaba.

Pero no, la cueva daba a un espacio amplio con una altura de unos diez metros o más. La luz se filtraba por unos agujeros que había en la roca y las paredes brillaban con lo que parecían pequeños cristales. El suelo estaba cubierto de una fina capa de arena y de vez en cuando había piedras. Nico se agachó junto a un rincón en la pared y se sentó.

—Solía venir aquí con mi hermano —dijo como si contestara a la pregunta de cómo conocía aquel lugar—. Estaba lejos del palacio familiar y era un lugar prohibido, pero lo hacíamos de todas formas.

Lily se imaginó a los dos niños, riendo y corriendo, conscientes de que estaban haciendo algo indebido.

—¿Veníais muy a menudo?

Él se apoyó en la pared rocosa y dejó las manos sobre las rodillas.

—No, muy a menudo, no. Está muy lejos y era difícil llegar hasta aquí. Un verano encontramos el barco y tratábamos de venir siempre que podíamos. Como podrás imaginarte, esa chatarra provocaba fascinación en unos niños.

Fuera, la lluvia comenzó a caer con fuerza. El viento empezó a soplar con más fuerza, levantando la arena de dentro de la cueva. La tormenta se había movido muy deprisa. Por suerte, Nico conocía aquel lugar y habían podido resguardarse, de lo contrario, en aquel momento, estarían fuera soportando la lluvia y el viento.

—Ven —dijo Nico, extendiendo un brazo.

Lily se acercó y se sentó a su lado, deleitándose con el calor de su cuerpo. Quizá debería haber dicho que no, pero no había querido hacerlo.

Nico apoyó la barbilla en su cabeza y la atrajo hacia sí tomándola por la cintura. Parecía un gesto natural, inevitable. Si pudieran permanecer así para siempre...

—Gaetano murió aquí —dijo y ella se apartó ligeramente para mirarlo a los ojos.

—Nico, yo...

–Calla –dijo colocándole un dedo sobre los labios–. Está bien, *cara mia*. Fue su elección.

–¿Qué ocurrió? –preguntó una vez apartó el dedo de sus labios.

–Se lanzó con su coche por el acantilado.

Lily se estremeció. Debió de ser horrible para todos.

–¿Por qué me has traído aquí si te pone triste?

La miró a los ojos durante unos segundos que se hicieron interminables. Luego los cerró y apoyó la cabeza en la pared.

–A veces pienso que está esperando aquí. Sé que no es así, pero me consuela creerlo.

Sin poder evitarlo, Lily tomó su rostro entre las manos. Nico se sentía cerca de su hermano en aquel lugar y la había llevado allí con él. Eso la conmovía más de lo que era capaz de expresar.

–No creo que eso esté mal –dijo ella–. Hace tan poco que ocurrió, que todavía estás acostumbrándote a la idea.

Nico estrechó una de sus manos y luego la besó suavemente en los labios. Apenas fue un roce y fue ella la que se inclinó pidiendo más.

–Tienes algo, Liliana... –dijo, respirando junto a su piel–. No sé lo que es.

–Quizá no me conozcas muy bien –replicó ella.

Su corazón latió con fuerza mientras sus alientos se fundían. Quería que la besara como lo había hecho la noche de su boda. Hacía días que no lo había vuelto a intentar y no estaba segura de si dar ella el primer paso.

–Soy un misterio –añadió Lily.

Él se apartó y ella contuvo un suspiro de protesta.

–Entonces, dime una cosa.

–¿No son normalmente las mujeres las que quieren hablar primero?

Nico echó hacia atrás la cabeza y rió. Lily intentó

contenerse, pero fue incapaz. Hasta hacia una semana, no había imaginado que pudieran compartir un momento de diversión, pero en los últimos días había visto un lado de él que creía que no existía. ¿Era aquél el verdadero Nico o estaba imaginando algo que no era verdadero?

—Dame gusto, Liliana, y cuéntame algo sobre ti.

—No sé qué decir —contestó ella y bajó la mirada, sintiéndose tímida.

¿Qué podía contarle? Él era un príncipe y no estaba habituado a la clase de vida que llevaban en Luisiana.

—Tiene que haber algo.

—Soy hija única.

—Lo sé —contestó y al alzar la mirada, lo encontró sonriendo.

—Conozco todos los hechos, *cara,* pero no lo que sientes.

¿Todos los hechos? Aquélla era una idea aterradora. Lily se aferró al tejido de su chaqueta. ¿Cómo iba a revelarle sus deseos y preocupaciones?

—Nunca me he parado a pensar en el pasado.

—¿Te sentiste sola sin hermanos?

—A veces. Pero tenía amigos. Tenía a Carla —contestó frunciendo el ceño.

—No la culpes, Lily —dijo él, adivinando lo que estaba pensando—. Muy pocas personas pueden resistirse ante esa cantidad de dinero, especialmente cuando no lo tienen.

—No la culpo —dijo Lily—. ¿Cómo iba a decir que no? No la habrías dejado hasta haberlo conseguido.

No culpaba a Carla, pero le dolía. ¿Habría hecho ella lo mismo si hubiera estado en su lugar?

—Cierto, habría insistido —dijo él serio.

—¿Y ha merecido la pena el precio?

Una oleada de calor recorrió sus venas. Los había

comprado a ella y a su hijo como si fueran mercancía, poniendo a su amiga en una difícil situación. Todavía se enfadaba cuando lo pensaba. Ahora, sus vidas habían cambiado para siempre.

–Eso creo, sí –respondió él–. No lo siento, Lily, porque estaba dispuesto a pagar cualquier precio por nuestro hijo.

Nico tomó su mano y se la besó. Lily se estremeció.

–Es lo mejor que me ha pasado nunca.

–Y lo más aterrador, ¿verdad?

–No fue fácil, si es eso lo que estás preguntando. Pero no lo cambiaría.

–Sé que no lo harías –dijo él soltando su mano–. No tenías derecho a alejarlo de mí durante tanto tiempo.

Lily tragó el nudo que se había formado en su garganta. Había creído que hacía lo correcto por su bebé, pero ahora se daba cuenta de que con su silencio había hecho daño al padre de su hijo. Todavía tenían mucho camino por recorrer, pero parecía que se había encariñado con el pequeño.

–Debería haberme puesto en contacto contigo.

–¿Lo dices en serio? –preguntó él, fijando sus ojos en ella.

–Sí –dijo Lily apartando la mirada–. Temía que me lo quitaras.

–Creo que todavía tenemos mucho que aprender el uno del otro.

Se quedaron en silencio unos minutos. Fuera, la lluvia seguía cayendo.

–En Luisiana tenemos tormentas como ésta, a veces incluso peores. De pequeña, me daban miedo las tormentas.

–¿Ahora no?

–No –dijo Lily sacudiendo la cabeza–. Me quedaba muchas veces sola en casa, así que tuve que superarlo.

Era imposible pasar miedo cuando había tenido que aprender a cuidarse sola porque su madre estaba fuera en algún bar.

–Pero durante un tiempo tuviste miedo, ¿no?

–Suena razonable, aunque no debió de ser fácil.

–Nadie dijo que la vida fuera fácil –dijo Lily encogiéndose de hombros.

Nico se quedó pensativo.

–Creo que me estoy dando cuenta de cómo eres, Lily –dijo Nico–. Eres fuerte, valiente.

–Yo...

Nico se inclinó y la cortó con un beso. Fue toda una sorpresa y Lily se ofreció a él. Sus lenguas se encontraron y una oleada de deseo la estremeció. Aquello era lo que quería, aquella pasión desenfrenada.

–*Dio,* te deseo –dijo él junto a su boca.

–Sí.

Aquello la estremeció. La deseaba a ella y no a Antonella.

Sorprendentemente, no se sentía asustada. Se había acostado con él una vez, la única vez en su vida que había tenido sexo y estaba deseando volver a hacerlo. La primera vez había estado muy bien, aunque le había resultado algo misterioso. Ahora, sabía qué hacer y qué esperar. Deseaba a su príncipe y moriría si no alcanzaba la cúspide.

Lo rodeó por el cuello con los brazos y lo atrajo hacia ella. Nico buscó los botones de su blusa y se los desabrochó. Aunque el aire no era frío, su piel caliente lo sentía como una brisa helada. Lily se estremeció.

Una vez hubo abierto su blusa, Nico comenzó a besarle el cuello, bajando hasta la clavícula. Lily dejó escapar un gemido, al sentir su boca en el pecho.

—El cierre es delantero —dijo y Nico le soltó el sujetador.

Luego, tomó sus pechos entre las manos y los apretó, mientras ella se curvaba hacia atrás.

Quería sentirlo dentro. Su cuerpo lo deseaba más que cualquier otra cosa. Quería sentir su calor, su piel desnuda junto a la suya mientras se contoneaban a la vez. La última vez había sentido dolor, pero sabía que esta vez no sería así. A pesar de que no había vuelto a hacer el amor desde aquella primera vez, estaba más que dispuesta para él. Cuando sus labios se cerraron sobre uno de sus pezones, Lily pensó que estaba a punto de alcanzar el orgasmo con aquella exquisita sensación.

—Oh, Nico —gimió.

Él gruñó, en un sonido de posesión y satisfacción masculina. Las vibraciones la estremecieron, amenazándola con hacerla perder el control. ¿Cómo podía estar al límite tan pronto?

Nico acarició sus pezones con la lengua, haciendo la justa presión para que arqueara su espalda hacia él. No estaba dispuesta a ser la única que explotara con las sensaciones que le estaba produciendo lo que le estaba haciendo. Así que buscó el cierre de los pantalones, sonriendo para sus adentros al hacerle gemir.

Aquel sonido la envalentonó y le bajó la cremallera para deslizar su mano dentro. Su pene estaba duro, erecto y caliente bajo su mano. Nico volvió a gemir al sentir sus dedos acariciándolo.

—Lily, *Dio*.

Luego, la hizo sentarse en su regazo y la besó apasionadamente.

De pronto, se apartó.

–Detente, Liliana.

–Pero te gusta –dijo, aturdida por la sensualidad de su voz.

Él tomó su muñeca y le sacó la mano de debajo de sus pantalones.

–No es un asunto de que me guste o no, es un asunto de control. Como sigas haciendo eso, acabaremos antes de empezar.

–Entonces, empecemos.

Él cerró los ojos y tragó saliva.

–*Madonna diavola*. Si hubiera sabido que estabas tan ansiosa, te hubiera llevado a la cama y nos hubiéramos ahorrado este paseo.

–Si me hubieras besado antes, quizá seguiríamos allí en vez de aquí.

Nico besó sus dedos y rompió a reír, mientras ella se cubría con su blusa. De repente se sentía avergonzada y confusa ante su reacción.

–No –dijo él, abriéndole de nuevo la blusa.

–Pero, Nico, ¿qué sentido tiene si todo lo que quieres es hablar?

–Tu impaciencia es gratificante, *cara mia*. A un hombre le gusta saber que es deseado.

–A una mujer también –dijo ella.

–Te deseo –dijo él y se puso de pie.

La camiseta negra que llevaba moldeaba su torso musculoso y Lily contuvo un suspiro.

–Entonces, ¿qué piensas hacer?

Nico esbozó una pícara sonrisa.

–Tantas cosas como pueda conseguir.

Capítulo 8

LO INTRIGABA más que cualquier otra mujer. Nico frunció el ceño mientras se quitaba la chaqueta de cuero. No, no era cierto. Estaba seguro de haber sentido fascinación por otras mujeres antes que Lily. Pero hacía mucho tiempo que no deseaba a ninguna como si fuera un adolescente ansioso. Incluso en aquel momento, mirándola, tenía que hacer un gran esfuerzo por controlar su deseo. Estaba sentada, con el pelo revuelto y los labios hinchados por sus besos. Tenía la blusa y la chaqueta abierta, dejando entrever la punta de sus pezones y sus areolas rosadas. Simplemente, deseaba devorarla.

No sabía si hacerla suya allí mismo o esperar a tener una cama. Sus instintos más bajos no estaban dispuestos a esperar y, al parecer, los de ella tampoco.

–Ven aquí –dijo Nico, tirando de Lily para ayudarla a ponerse de pie.

Dejó su chaqueta en el suelo donde ella estaba sentada y la besó en el escote, siguiendo por su hombro mientras la despojaba de la blusa. Se preguntó si protestaría, pero ella volvió a buscar la cintura de sus pantalones. Al sentir su mano de nuevo, dejó escapar un gemido. Al parecer, había aprendido algunas cosas en los dos últimos años.

La idea de otro hombre haciéndole el amor mientras su hijo dormía en su cuna en la habitación de al lado, le repugnaba. Debería haber sido suya. Durante todo ese tiempo, debería haber sido suya.

Hundió su mano en la melena y le hizo inclinar la cabeza hacia atrás, para besarle el cuello. Un momento más tarde, la soltó y le desabrochó los pantalones. No podía esperar un segundo más para acariciar su suavidad femenina.

–Nico... –susurró mientras él le bajaba la tela y caía de rodillas ante ella.

Estaba atrapada por los pantalones y las botas, pero él era libre para hacer lo que quisiera. Un hecho del que parecía dispuesto a aprovecharse. Su pene estaba tenso bajo el cuero de sus pantalones y estaba deseando hundirse en ella cuanto antes.

Pero se esperaría hasta que le diera aquello.

Sintió sus nalgas redondas y suaves en sus manos mientras la besaba en el ombligo. Tenía intención de ir despacio, de volverla loca como ella estaba haciendo con él, pero su aroma femenino, el calor y el deseo hizo que no pudiera esperar más.

Nico fue bajando por su abdomen, deslizándose hasta su feminidad y encontrando su punto de placer. Separó sus labios con los dedos y recorrió su clítoris con la lengua.

Ella clavó los dedos en su pelo, mientras echaba la cabeza hacia atrás y dejaba escapar sonidos de placer. Estaba ansiosa y húmeda. Todo su cuerpo se estremecía por la creciente tensión. Nico no quería que alcanzara el orgasmo todavía, así que cada vez que creía que estaba a punto de hacerlo, se apartaba. Quería darle tanto placer que no deseara nunca a ningún otro amante.

Deslizó un dedo por su estrecho pasaje y sus rodillas se doblaron cuando gimió. Todo su cuerpo cayó sobre él mientras se estremecía una y otra vez.

Había alcanzado la cima.

Aquella visión lo dejó estupefacto. La sujetó para que no se cayera hasta que los estremecimientos cesaron. Estaba muy guapa desnuda y abandonada al placer. Un momento más y él también alcanzaría el orgasmo, se hundiría en ella y...

Lily tenía los ojos cerrados, pero unas lágrimas caían por sus mejillas. A punto de quitarse los pantalones, se quedó parado. Por primera vez en su vida, estaba mirando a una mujer sin saber qué hacer.

¿Le habría hecho daño? No, sabía que había disfrutado. Quizá había ido demasiado deprisa, haciéndola rendirse y ahora estaba arrepentida.

¿O sería otra cosa? ¿Habría ido demasiado lejos al obligarla a hablarle de ella?

Entonces, cayó en la cuenta. La idea era tan ridícula que a punto estuvo de rechazarla: quería que lo amase. Desde todos los puntos de vista, eso era lo que deseaba todo su cuerpo. Quería que una persona en el mundo lo mirase con la clase de adoración con que su hermano lo había hecho. Era una sensación de pertenencia que echaba de menos. Quizá, por eso la había llevado hasta allí. ¿Tan desesperado estaba?

Nico respiró hondo y cerró los ojos. Necesitaba tiempo para pensar. Había dejado de llover y el intenso olor a mar llenaba su olfato. La llevaría a casa y le daría tiempo para recuperarse. No podía obligarla en aquel momento, no de aquella manera. Se merecía algo mejor.

—Liliana —dijo, tomando su blusa y su chaqueta para dárselas—. Ponte esto y vámonos.

—¿Por qué? No te has...

—Calla —dijo poniéndose a su lado—. La tormenta ha pasado y debemos irnos antes de que nos echen de menos.

Una lágrima rodó por su mejilla y Nico la tomó antes de que cayera al suelo.

–No entiendo –suspiró Lily.

–Es lo mejor, *cara*.

El dolor que asomaba a sus ojos lo estaba volviendo loco. ¿No estaba haciendo lo correcto? Se apartó de ella y se abrochó los pantalones. Detrás de él, podía oír cómo se estaba vistiendo.

Unos minutos más tarde, estaban dispuestos para marcharse.

–¿Siempre te apartas así?

Tan sólo se había apartado en dos ocasiones y ambas contra su voluntad.

–No es el momento adecuado. No tiene nada que ver contigo.

–Eso es lo que suelen decir los chicos de instituto cuando quieren dejarte porque han oído que hay una chica facilona.

Nico quitó el apoyo de la Ducati y la miró. ¿Estaba enfadada con él porque estaba siendo considerado? ¿Por no lanzarse a ella como un animal?

–¿Qué demonios es una chica facilona?

–Hace un momento, habría dicho que yo lo era.

Nico tardó unos segundos en caer en la cuenta.

–Lily...

–No me digas nada ahora, Nico. No sería de ayuda.

Nico se quedó pensativo al verla luchar consigo misma. Tenía razón. Habían ido muy lejos como para dar marcha atrás. Había mucho dolor e ira como para arreglarlo en aquel momento. Empujó la moto fuera de la cueva, con Lily pegado a sus talones.

El camino de vuelta lo hicieron en silencio. Lily se sentía humillada. Nico había demostrado el poder que tenía sobre ella, la había llevado al límite para luego apartarse como si tal cosa. Le había provocado un orgasmo, había sucumbido ante su atenta mirada y después él se había limitado a abrocharse los pantalones y decirle que tenían que irse, como si nada hubiera pasado.

¿Por qué había tenido que decirle aquello sobre los chicos de instituto? Antes de irse a vivir a Nueva Orleans y de conocer a Nico, el novio que había tenido en el instituto, aquél con el que pensaba casarse algún día, había roto con ella por no acostarse con él. Había pensado que, si le entregaba su virginidad, acabaría como su madre. Así que se había reservado hasta conocer a Nico unos meses más tarde.

Nada más llegar a la casa, Lily se fue a la ducha para olvidarse de la sensación de sus labios y de su lengua en su cuerpo. Pero no funcionó. Nada funcionó. Tan sólo quería más.

No acababa de entenderle. De pronto se mostraba cálido y amable, y al momento siguiente frío y distante. No era justo. No conseguía encontrar un equilibrio cuando estaba junto a él, por mucho que lo intentara. Justo cuando pensaba que lo había conseguido, hacía algo que la confundía.

Sin duda alguna, la había dejado confundida en aquella cueva. No podía borrar la imagen de él arrodillado frente a ella, con su boca en su cuerpo, haciéndola estremecerse.

Lo que había pasado a continuación no había sido nada de lo que esperaba. Pensaba que se uniría a ella y que aliviaría aquella increíble tensión que sentía. Pero le había mentido. O quizá había disfrutado manipulándola. Lo cierto era que no la deseaba tanto como decía. Quizá deseara a Antonella o a una de sus amantes. No querría a una chica americana sin pedigrí. De hecho, no le extrañaría que volviera a dejar el palacio y buscara consuelo en una de aquellas admiradoras.

Aun así, no entendía que todo un mujeriego no tomara lo que se le ponía por delante. ¿Por qué ir tan lejos y no llegar hasta el final? No lo sabía. No acababa de entenderlo.

Más tarde, al ver que no podía dormir, decidió levantarse e ir a ver a Danny a su cuarto. Gisela dormía cerca, pero lo único que quería era sentarse en la oscuridad y oír la respiración profunda de su bebé para tranquilizarse.

Quería volver a tener a Danny en su habitación al igual que había hecho desde que naciera, pero tenía que admitir que había llegado el momento de que tuviera su propia habitación. No quería que creciera con miedo a pasar la noche a solas.

Lily se puso la bata y salió al pasillo. Avanzó descalza y entró en la habitación de Danny. Una de las lámparas de la habitación estaba encendida, iluminando suavemente al hombre que descansaba en una mecedora, con su hijo en el pecho. En contra de su voluntad, el corazón de Lily se encogió. Padre e hijo dormían profundamente. Incluso dormido, Nico sujetaba con un brazo protector a Danny. La imagen le produjo alegría y dolor. Alegría por tenerse el uno al otro y dolor porque su bebé tuviera ahora a alguien más.

Se detuvo bajo el umbral de la puerta, sin saber si quedarse o marcharse. ¿Dejaría Nico caer el brazo con el que sujetaba a Danny? ¿Acabaría cayéndose el bebé al suelo o tenía su marido la situación controlada?

Lily se mordió el labio. Estaba tan absorta en sus pensamientos que no se dio cuenta de que Nico había abierto los ojos. Cuando volvió a mirarlo, él la estaba observando. Era una visión agradable, masculina y poderosa, a la vez que tierna. ¿No era eso lo que toda mujer quería?

Con cuidado, Nico movió a Danny y se incorporó. Lily se acercó para ayudarlo, pero él le dijo que no con la cabeza y se detuvo. Se las arregló para ponerse de pie y dejó a Danny en la cuna. El pequeño se encogió y se abrazó a un dinosaurio azul de peluche.

Lily se unió a Nico junto a la cuna, asegurándose de que Danny durmiera. Luego, ambos se marcharon de la habitación.

—¿Estaba despierto cuando entraste? —preguntó Lily una vez fuera.

—Lo oí llorar —contestó Nico, pasándose la mano por el pelo—. Tardó un buen rato en dormirse.

Lily tenía el corazón en la garganta.

—¿Danny estaba llorando? ¿Por qué no me llamaste? ¿Dónde estaba Gisela?

—Gisela no se sentía bien, *cara*. Le dije que se fuera a la cama.

—Deberías haberme llamado.

—¿Por qué? ¿Qué hubieras hecho diferente?

Probablemente, nada. Lily se mordió el labio.

—Soy su madre —respondió, poniéndose a la defensiva.

—Soy consciente de eso.

—Quizá debería volver y quedarme con él.

—No.

—¿Qué quieres decir con que no? —preguntó Lily—. No puedes darme órdenes como si fuera una empleada. Soy su madre y si quiero pasar la noche cuidando de mi hijo, lo haré.

Nico dio un paso hacia ella. Lily se negó a retroceder y su pulso se aceleró. Olía a cítricos y a especias, con una nota de brisa marina. Deseaba chuparlo como si fuera un caramelo.

–No hace falta, Lily. Está dormido. Es una excusa absurda para alejarte de mí.

–Eso no es cierto.

Aunque sabía que sí lo era.

–Todavía me deseas y eso no te gusta.

–Estás muy seguro de ti mismo, ¿verdad? –preguntó ella, alzando la barbilla.

–Sé cuando una mujer está excitada. Y tú, Liliana lo estás y mucho.

–Si piensas eso, estás muy equivocado –dijo ella con frialdad–. Tuviste tu oportunidad, Nico y no la supiste aprovechar.

Él inclinó la cabeza y la miró de arriba abajo lentamente. Al reparar en sus ojos ardientes, Lily sintió que la sangre le hervía. Se quedó mirándolo con toda la frialdad que le fue posible.

–Muy bien, *cara*. Serás una buena princesa.

–No te burles de mí, Nico.

–Nunca se me ocurriría, *mi principessa*.

Por un momento, pensó que iba a besarla. Pero su expresión cambió.

–Se me olvidó decirte que mañana volvemos a Castello del Bianco.

Y, así, de buenas a primeras, cambió de conversación. Lily se sintió furiosa.

–No voy a hacer esto. No voy a vivir el resto de mi vida cumpliendo órdenes y haciendo lo que tú digas. ¿Es así como hubieras tratado a Antonella?

–Baja la voz antes de que despiertes a Daniele.

¿Cómo se atrevía a insinuar que no le importaba su hijo? Lily le dio un empujón con toda la fuerza que pudo, pero apenas le hizo retroceder un paso. Al segundo siguiente, él la tomó por las muñecas y la acorraló contra la pared, colocándole los brazos por encima de la cabeza. Luego, hundió la cabeza hacia ella. Lily se giró, apretando la mejilla contra la pared. Lo rechazaría del mismo modo que él la había rechazado a ella.

Él mordisqueó su oreja. Lily cerró los ojos mientras sentía que una oleada de deseo recorría su cuerpo y ahogó un gemido de deseo.

–*Dio*, eres muy ardiente. He tenido mucho cuidado contigo y ahora creo que me he equivocado y que no debería haber hecho nada –dijo y tomó ambas muñecas con la misma mano, para deslizar la otra bajo su bata y acariciarle el pecho–. Quizá debería llevarte a la cama y tenerte a mi lado el resto de la noche.

–No sigas con tu juego, ambos sabemos que no lo harás. No tienes el tesón suficiente.

Lily pensó que se enfadaría ante su insulto, pero Nico dejó escapar una risotada.

–Ahí es dónde te equivocas.

–Entonces, ¿por qué no haces más que detenerte antes de empezar? Quizá tengas algún problema que te impide durar lo suficiente como para...

Sus carcajadas la sobresaltaron. Al segundo siguiente, estaba entre sus brazos, recorriendo el pasillo en dirección a su habitación. Nico la dejó en el suelo y se quitó la camiseta por la cabeza.

Al acercarse a ella, se apartó sin saber si resistirse o dejarse llevar. Una oscura línea de vello se extendía hacia sus vaqueros, que descansaban bajo sus caderas dejando ver los músculos de su abdomen. Era un príncipe malcriado, pero parecía un semidios con un cuerpo esculpido en bronce. Sexy era la palabra que mejor lo definía.

–No vas a forzarme –dijo ella–. Nunca harías tal cosa...

–Puede que sí –dijo él, soltando el cinturón de la bata–, pero no creo que sea necesario.

—A pesar de lo que piensas, no eres irresistible, Nico.

La bata cayó desde sus hombros y luego, miró su camisón antes de tomarlo por el borde.

—Te creería si no te hubiera visto antes encendida de deseo. ¿Ya estás húmeda para mí, Lily?

Antes de que pudiera contestar, el camisón había desaparecido y Nico la estaba haciendo tumbarse. Se colocó sobre ella, descansando su pecho desnudo contra su piel y la rigidez de su erección contra sus bragas de seda.

Entonces, Lily se dio cuenta de que no había intentado resistirse. Cerró los ojos y tragó saliva.

—Estate quieto. No quiero esto.

Su voz no sonó muy convincente.

—No se te da bien mentir, Liliana —dijo él, tomándola de las caderas para acoplar su erección.

Lily contuvo un gemido. ¿Qué le estaba pasando? ¿Por qué le estaba dejando hacerle aquello? Había confiado en él antes y la había dejado en ridículo. Si se lo permitía, volvería a hacerlo. Parecía disfrutar atormentándola.

—No —dijo Lily mientras Nico tomaba uno de sus pezones entre sus labios.

Había deslizado los dedos bajo sus bragas y acababa de encontrar el centro de su deseo.

—Estás caliente para mí, Lily.

—Nico, no —dijo mientras empezaba a acariciarla.

Él se quedó quieto, levantó la cabeza y la miró.

—Pídeme que pare y lo haré ahora mismo. Pero si no dices las palabras —dijo apresándole el clítoris—, si no me dices en este instante que lo deje, no habrá vuelta atrás y serás mía.

Sus pulmones dejaron de funcionar mientras observaba su rostro atractivo. Era un hombre muy guapo y estaba a punto de hacerle el amor.

–Quiero que pares.

Si no lo decía, si no detenía aquella dulce tortura, volvería a humillarla de nuevo.

Nico la miró incrédulo. Luego, soltó una maldición y apartó la mano de las bragas.

Hasta que ella lo tomó por la muñeca. Ni siquiera estaba segura de haberlo hecho hasta que él se miró la mano.

–¿Qué quieres que haga, *principessa?* –preguntó Nico mientras ella lo miraba fijamente sin soltarlo–. Dime que me deseas.

–No puedo.

Él volvió a deslizar su mano bajo las bragas y ella cerró los ojos.

–Estás húmeda, Lily, dispuesta para recibirme. ¿Por qué quieres privarnos de esto?

–Tú lo hiciste primero.

–Pensé que necesitabas más tiempo, que te había obligado a ir demasiado lejos. Evidentemente, estaba equivocado.

Un dedo la penetró y luego otro. Despacio al principio y luego más rápido, Nico imitó el movimiento que haría con su cuerpo.

–Nico...

–¿Te gusta esto?

–Sí.

–¿Quieres más?

–Sí.

–Bien porque no puedo seguir esperando, tesoro.

Nico se puso de pie y se quitó los vaqueros. Lily no pudo evitar quedarse mirando su pene. Estaba listo para ella. Era una mujer muy afortunada.

Nico volvió a acercarse a ella y le quitó las bragas. Ella se dejó llevar, devorándolo con la mirada.

De repente, Lily supo que había llegado el momento.

Nico había terminado con los preliminares y con aquel juego que les había llevado hasta allí. No había vuelta atrás. La tomó por las caderas y la penetró.

Lily gimió. Eso era lo que tanto había deseado que hiciera, que la poseyera haciéndola sentir aquella increíble presión.

—Lily, *sei dolce come il miele* —susurró él.

No tenía ni idea de lo que había dicho, pero le gustó el sonido de aquellas palabras.

—Qué gusto —dijo cerrando los ojos y echando la cabeza hacia atrás—. Me gustaría quedarme así...

Lily lo abrazó con las piernas y se incorporó hasta rodearlo por el cuello.

—Bésame, por favor.

Su boca, caliente y húmeda, se fundió con la suya y sus lenguas se entrelazaron. Luego, se apartó un poco y volvió a hundirse en ella. Todo su cuerpo vibraba debido a las sensaciones que despertaba en ella. Esta vez, Lily no permaneció pasiva. Ya no era una joven inocente. Su placer era responsabilidad suya tanto como de él. Deslizó las manos por su cuerpo y lo tomó por las nalgas mientras levantaba las caderas hacia él. Todo su cuerpo se levantaba buscándolo con cada embestida. El placer era cada vez más intenso.

—Lily —susurró—. Lo que me haces, *Dio*...

—No te detengas, Nico. No lo hagas por favor... No puedo durar mucho... Hace tanto tiempo...

Él murmuró algo en italiano y luego se dejó llevar. Al incrementar el ritmo, Lily sintió que la culminación del orgasmo iba a ser mucho más intenso que el que había tenido antes. Nico pareció darse cuenta y ladeó la pelvis para hacerla sentir una presión diferente.

Entonces, Lily explotó. Un momento más tarde, Nico

la siguió, hundiendo aún más las caderas en ella, y dijo su nombre entre gemidos.

Unos minutos más tarde, Nico se apartó. Lily se quedó tumbada con los ojos cerrados, tratando de asimilar lo que acababa de ocurrir.

En dos años, no había sentido deseo alguno por ningún hombre. Nico era el que protagonizaba sus sueños y fantasías, el hombre que le había dado un hijo. Pero Danny era el resultado, no la razón, de lo que había sentido por él aquella noche, dos años atrás.

¿Sería amor? El miedo la embargó. No podía estar enamorada de él. Era demasiado pronto y no lo conocía bien, pero a su corazón parecía no importarle.

–*Dio,* Lily, eres increíble –dijo acariciándole el vientre–. Estas marcas, ¿son del embarazo?

–Sí.

Nico se las besó.

–Me habría gustado verte embarazada.

Aquel comentario hizo que unas lágrimas asomaran a sus ojos. Hasta que sintió que su cabeza subía y su boca se detenía en uno de sus pezones. No se había recuperado del último orgasmo y ya volvía a desearlo de nuevo.

–Vayámonos a la cama –murmuró él entre beso y beso.

Al poco, Nico volvía a estar dentro de ella y Lily supo que estaba perdida.

Capítulo 9

NICO no podía respirar bien. Cada vez que inhalaba, percibía el olor dulce de la mujer que tenía a su lado. Acarició la sábana que la cubría deseando perderse en ella una vez más. Pero no podía volver a hacerlo esa noche.

Estaba tumbada de lado, con los ojos cerrados y su pecho subía y bajaba al ritmo de su respiración. Después de la segunda vez, ambos se habían dormido y ahora Nico se había despertado y se preguntaba qué hacer.

Si hubiera sido una de sus amantes, se habría vestido y habría salido de aquella habitación.

—Nico —susurró Lily.

—Dime, tesoro.

—Debería ir a ver cómo está Danny.

—Fui hace un rato. Estaba dormido, como deberías estarlo tú.

—Tú no lo estás.

—No necesito dormir demasiado.

—Entonces, nuestro hijo ha heredado eso de ti —dijo ella bostezando.

Luego se acercó a él y Nico la rodeó con sus brazos, atrayendo su cuerpo desnudo hacia el suyo. ¿Por qué había tardado tanto para llevársela a la cama?

—¿Te gusta? —preguntó acercando las caderas a las suyas.

—Desde luego que sí, pero Nico... —dijo con una nota

de preocupación en su voz–. No estoy segura de poder volver a hacerlo esta noche. Hace tiempo que no...

Nico sintió que su cuerpo se ponía tenso al preguntarse cuándo y con quién habría sido su última vez.

–Lo entiendo, *cara.*

–¿De veras? –dijo apoyando la mejilla en la mano.

–¿Ha pasado mucho tiempo desde la última vez? –preguntó y le besó la mano.

–Sí, dos años.

Nico se quedó de piedra. No podía haber entendido bien.

–Creo que no te he oído bien.

Ella lo besó en la barbilla.

–Eres el único hombre con el que he estado.

Una intensa sensación de satisfacción recorrió su cuerpo. Era suya y siempre lo había sido.

–¿Cómo es posible? –preguntó–. *Sei bellisima,* Liliana. Cualquier hombre mataría por tenerte.

–Nunca he conocido a nadie con quién deseara estar.

–Es un gran honor –replicó él.

–Lo dices como si estuviéramos en la Edad Media –dijo Lily sonriendo–. Para un hombre que sabe hacer las cosas que haces con la lengua, pareces muy formal y mojigato.

–¿De veras? Quizá debería recordarte lo malvado que puedo llegar a ser. Se me ocurren unas cuantas cosas.

–Estoy segura –dijo ella con la respiración entrecortada, mientras Nico comenzaba a explorar su cuerpo de nuevo.

Lily no tenía ni idea de qué hora era cuando se despertó, pero de nuevo, encontró que Nico le había preparado el desayuno. Esta vez se lo sirvió en la cama. Cuando terminaron de comer, le preparó un baño en su enorme bañera y la acompañó.

Lily se colocó en su regazo y lo rodeó con las piernas, rozando las partes íntimas de sus cuerpos. A pesar de que estaba dispuesto, no hizo amago de penetrarla a pesar del modo en que se frotaba contra él.

En vez de eso, tomó una esponja y se la pasó por los pechos.

–*Dio santo*, eres muy hermosa.

Le gustaba oírselo decir. Estaba enamorada del hombre al que estaba unida de por vida. ¿Cómo había cometido un error tan grande? Con el tiempo, él también aprendería a quererla, de eso estaba segura.

Él no era como su padre, pensó Lily. Nico tenía honor y dignidad. Quería a su hijo y apreciaba muchas cosas. Era un hombre capaz de amar. No la dejaría criar a su hijo sola y mucho menos abandonarla para volver cada vez que quisiera.

–Tú también eres muy guapo –dijo y empezó a acariciarlo.

–Eres insaciable, *cara* –dijo y la besó en la boca.

Mientras sus bocas permanecían unidas, Lily se las arregló para levantarse lo suficiente y colocarse sobre la punta de su pene. Luego, gimió al sentir que la penetraba.

–Soy todo tuyo, Liliana. Haz conmigo lo que quieras.

Nunca en su vida se había sentido tan poderosa como cuando empezó a mover las caderas. Nico apoyó la cabeza en el borde de la bañera, con los ojos cerrados y se entregó al placer. Al principio, Lily se movía con lentitud, pero al poco, necesitó más. El agua comenzó a salirse de la bañera, pero ninguno de los dos se preocupó.

–Nico –susurró mientras su cuerpo comenzaba a temblar.

Lily ralentizó sus movimientos, pero él la tomó de las caderas y la penetró más profundamente con cada embestida.

–Tómame, Lily –dijo y la miró con sus ojos ardientes–. Aprovéchate de mí.

Aquel atractivo príncipe estaba en éxtasis por su culpa, por las cosas que le estaba haciendo.

–Nico –dijo mientras explotaba de placer–. Nico, yo... «Te quiero».

Su corazón estaba lleno de sentimientos que era incapaz de describir. Todo era muy nuevo para ella y no sabía cómo enfrentarse a ello. Nico no la dejó relajarse y volvió a penetrarla, volviendo a despertar el placer en ambos. Cuando Lily alcanzó el orgasmo por segunda vez, los gemidos de Nico se mezclaron con su llanto.

–Lo siento, Lily, no llores –dijo él unos minutos después, cuando sus respiraciones volvieron a la normalidad–. Es culpa mía. No debería haberte hecho el amor tan pronto. Haces que pierda el control.

Lily se llevó las manos a las mejillas y se dio cuenta de que estaban húmedas por las lágrimas.

–No, estoy bien, de veras. Es sólo que... Me siento sobrecogida.

–Si es así –dijo pasándole un mechón de pelo por detrás de la oreja–, ha habido muchos cambios en ti.

No era eso a lo que se refería, pero ¿cómo decírselo?

–Y en ti –dijo ella tomando su rostro entre las manos–. Lo siento, Nico. Debería haberme puesto en contacto contigo cuando supe que estaba embarazada. Cometí un error.

–Entonces, tendremos que encargar otro bebé, ¿no? Un pequeño hermano o hermana para Daniele.

–Eso le gustaría –dijo Lily–. Y a mí también.

La sonrisa de Nico fue sincera.

–Es mi misión, *cara,* y no desaprovecharé ninguna oportunidad.

Aquella tarde, volvieron a la ciudad. Con cada kilómetro que avanzaban, Nico parecía apagarse. Cada vez hablaba y sonreía menos. Lily se concentró en las casas blancas con cubiertas de tejas que se veían a la distancia, sintiendo que Castello del Bianco era una fuerza irresistible que estaba arrebatando la vida de su marido. No sabía qué hacer para arreglarlo.

Cuando llegaron al palacio Cavelli, se había vuelto a convertir en el frío y arrogante príncipe que pensaba había desaparecido. Aquello la confundía y la irritaba. ¿Qué había pasado con el hombre con el que se había bañado aquella mañana? ¿Dónde estaba el hombre que había compartido con ella su cuerpo y su alma, que le había preparado el desayuno y que había dormido con un niño en su pecho?

El hombre que tenía al lado, el príncipe, no era la clase de persona que haría todas aquellas cosas.

¿Se había vuelto a equivocar al juzgarlo? ¿Lo había obligado a comportarse como ella quería?

Una vez llegaron a sus estancias, no permaneció mucho tiempo allí. Le dijo que tenía que encontrarse con el rey y salió sin sonreír ni decir ninguna palabra cálida. Después de que se fuera, Lily permaneció unos minutos con la mirada fija en la puerta. Miedo, ira y dolor se mezclaron en su estómago. Además no pudo evitar pensar en que ella no era una princesa, que le había entregado su corazón a un hombre que no la amaba y que había perdido toda oportunidad de ser feliz al casarse con él.

Después de comprobar cómo estaba Danny, Lily se retiró a la habitación que compartía con Nico. El lujo del palacio no la impresionaba, pero sí la magnífica cama antigua, las paredes doradas, el mármol y las pinturas de valor incalculable. Era como vivir en un museo.

Sonaron unos golpes en la puerta y se sintió aliviada por la interrupción.

–¿Sí?

Una joven vestida con el uniforme del personal del palacio entró cabizbaja.

–*Scusi, principessa*. Para vos –dijo mostrando una caja.

–*Grazie* –replicó Lily.

La muchacha esbozó una sonrisa nerviosa y luego salió cerrando la puerta tras ella.

Lily se acercó a la mesa y abrió la tapa de la caja. Sacó un puñado de periódicos y revistas, sin entender por qué le habían hecho llegar aquello.

Hasta que se dio cuenta de que su foto aparecía en la prensa. Todo estaba escrito en italiano, así que siguió revolviendo hasta que encontró algo que entendió:

Príncipe heredero se casa con la hija de una stripper alcohólica, poniendo en peligro las relaciones con el país vecino.

Cuando Nico regresó a sus apartamentos estaba mentalmente agotado. Había pasado varias horas discutiendo con el rey Paolo y su padre acerca de los tratados que había entre sus países.

Al principio, Paolo le había pedido que se divorciara de Lily, que repudiara a su hijo y que se casara con Antonella. El hombre estaba loco y a Nico no le había importado decírselo a la cara. Paolo pretendía cerrar un buen acuerdo, utilizando cualquier munición que tuviera en su arsenal para conseguirlo. Para él, la humillación de su hija había sido considerable, aunque no habría sido así si no hubiera filtrado cierta información a la prensa. Nico sentía lástima por Antonella, pero sólo porque su padre era un estúpido egoísta. Era una mujer muy guapa y tendría muchos pretendientes en cuanto su padre se olvidara de aquel asunto.

Ahora, Paolo quería mantener conversaciones sobre el tratado en Monteverde. Nico no quería ir, pero su padre lo obligaba a hacerlo. Como príncipe heredero, era su deber. Como responsable de la situación, era su función. No podía rechazar la invitación. Dejarse ver en Monteverde con su esposa, ayudaría a normalizar las relaciones. Daría a entender que Montebianco necesitaba de la buena voluntad de Monteverde y eso le daría a Paolo la oportunidad de mostrarse importante y magnánimo.

Al entrar en sus dependencias, todo estaba en silencio. No era tan tarde como creía, pero quizá Lily se había ido a la cama. Nico se dirigió al dormitorio, sintiendo que el deseo corría por sus venas. ¿Estaría su esposa esperándolo desnuda en la cama o con alguna prenda seductora?

Daba igual si estaba vestida o no porque su reacción sería la misma. La deseaba, así de simple.

Pero cuando abrió la puerta, la imagen que vio no era la que esperaba.

Había periódicos por todo el suelo y Lily estaba en el centro.

—Hola Nico, ¿has tenido un buen día en la oficina? —le preguntó.

Él se acercó y tomó un periódico del suelo. En cuando vio de lo que se trataba, se sintió furioso. Haría pagar por aquello a quien fuera. Vio una caja abierta bajo la mesa y supo que alguien había estado guardando aquello hasta que volvieran.

Sin duda alguna, debía de ser la reina Tiziana. Sólo ella podía ser tan desalmada. Cuanto más inocente la víctima, más cruel podía llegar a ser. Si la reina sobrevivía al rey, tendría suerte si Nico no la hacía desaparecer del reino.

Sabía que habría noticias en los periódicos, pero había evitado leerlos durante su luna de miel. Ahora se arrepentía. Estaba tan acostumbrado a aquellas mentiras que no se había parado a pensar que tuviera que preparar a su esposa para aquello. Evidentemente, se había equivocado.

–Lo saben todo –dijo Lily–. Sobre mi madre, mi padre, la ciudad en la que me crié... Dicen que soy una cazafortunas, que te he engañado, que Danny no es hijo tuyo...

–Sé que Danny es hijo mío.

–Quizá quieras hacérselo saber. ¿Qué tal si emites un comunicado?

–No es conveniente contestar a esos canallas.

Lily se puso de pie y se puso delante de él. Estaba furiosa.

–No sé cómo hacer esto, Nico. No soy princesa. No estoy preparada para esto. No permitiré que hagan daño a Danny...

–Nadie hará daño a Danny.

–Entonces, ¿harás que se retracten de estas mentiras?

–Montebianco es una sociedad libre, Lily. No puedo obligarles a hacer nada. Lo mejor es ignorarlos.

–¿Ignorarlos? ¿Estás dispuesto a ignorar a la gente que llama a tu hijo bastardo y a tu esposa prostituta?

–Soy un bastardo, *cara* –dijo Nico–. Y te aseguro que no importa. Pronto se les pasará. Ahora, eres la princesa heredera y debes aprender a asumir estas cosas.

–No me había dado cuenta de que una parte del trabajo fuera aprender a ignorar las mentiras y aguantar insultos.

–Has trabajado en un periódico –dijo él–. No puedes sorprenderte.

–He trabajado con periodistas que tenían integridad, Nico. Nadie se atrevería a publicar una mentira fácil de rebatir. Eso no es profesional.

Nico se pasó la mano por el pelo.

–Sí, bueno, los tabloides no tienen los mismos principios. Se basan en mentiras y, cuanto más escandalosas, mejor.

–¿Cómo puedes ser tan displicente? Me avergüenza y te hace parecer incompetente.

–Se te olvida una cosa, Lily. Se les olvidará en un par de días. En cuanto no tengan nada, buscarán otro objetivo. Venga, vámonos a la cama y olvidémonos de esto. Mañana lo veremos de otra manera.

–No puedo creer que vayas a dejar que insulten a tu hijo. Por supuesto que no espero que me defiendas, pero...

–No hay nada que defender. No hay tiempo para esto. Mañana nos vamos a Monteverde y necesito que estés lista.

Lily se rodeó con los brazos y apartó la mirada. Su barbilla temblaba y Nico se sintió culpable. Quizá debería ser más paciente. Había tenido una mala tarde, pero no podía ser ésa la excusa.

–Lily...

–¿Monteverde? Allí es donde vive la princesa Antonella, ¿verdad?

–Sí.

–Estupendo, simplemente estupendo. ¿Qué pasa si me niego?

–No puedes negarte –dijo él con frialdad–. Es tu deber.

–No, el deber es tuyo.

Nico se puso tenso.

–Eres mi esposa, Liliana. Mañana por la noche estaremos en Monteverde y te mostrarás encantada por ello.

–Por supuesto, Majestad. ¿Hay alguna cosa más que desee ordenar?

–Lily –dijo él, incapaz de simular su cansancio.

Ella contuvo el aliento y su barbilla comenzó a temblar más. Sabía que no lloraba por debilidad, sino por ira.

–No pedí nada de esto, Nico. Estoy aquí porque me obligaste. Has intentado convertirme en algo que no soy. Si no te gusta cómo me comporto como tu esposa, entonces sólo puedes culparte por hacer tan mala elección.

–No te obligué a entregarme tu virginidad hace dos años, ni rompí el preservativo para que te quedaras embarazada. Simplemente ocurrió, Lily. Ahora, tenemos que asumirlo.

–¿Y así lo estamos asumiendo? ¿Ignorando las mentiras y confiando se olviden? ¿Te has parado a pensar qué ocurrirá cuando den con mi madre y le pregunten cómo se siente porque su hija se haya casado con un príncipe?

–No la encontrarán.

–¿Qué quieres decir? –dijo ella quedándose inmóvil.

–Porque la he encontrado yo antes. Está en un centro de rehabilitación.

Se sintió como si acabara de decirle que había vendido a su madre como esclava. Claro que había hecho investigar a su familia y había descubierto que su madre necesitaba ayuda. Su gente había encontrado a la mujer bebiendo en un club nocturno de Baton Rouge.

–¿Has enviado a mi madre a un centro de rehabilitación? ¿Sin decírmelo? –preguntó Lily con voz apagada–. No he hablado con ella desde que Danny nació. ¿Cómo has dado con ella? ¿Por qué?

–Tengo muchos recursos y tenía que hacer algo por la razón que has dicho.

–Quería ayudarla, pero nunca me ha escuchado. Además, tampoco tenía dinero... Has pensado en todo, ¿verdad? Debería haber adivinado que lo harías.

–No tenía otra elección, Lily. Tengo que hacer lo que es mejor para Montebianco.

–Quizá deberías haber pensado en ello antes de casarte conmigo.

–En eso tampoco había elección. Me casé contigo porque teníamos un hijo en común.

Ella rió.

–No es el mejor motivo, ¿verdad? Pero supongo que el deber llama.

No le agradaba el modo en que lo había dicho. Parecía que hubiera cometido un delito. Había hecho lo debido.

–Sí.

–Me habría gustado que hubieras considerado cómo nos afectaría a Danny y a mí antes de que hubieses impuesto tu voluntad.

Nico arqueó las cejas. ¿Qué podía haber hecho diferente? Les había dado riqueza y privilegios, y una vida muy diferente a la que llevaban.

–Vuestras vidas son mucho mejores ahora que cuando nos casamos.

Ella lo miró con ojos llorosos.

–Sí, claro, mucho mejor. Nunca he sido más feliz.

A pesar de su sarcasmo, quería acercarse a ella, llevársela a la cama y olvidar todo aquello. Hacía unas horas había sido feliz.

Pero no lo recibiría con los brazos abiertos como había hecho aquella mañana. Eso le molestaba más de lo que estaba dispuesto a admitir.

Nico se acercó al teléfono, lo descolgó y dio una serie de órdenes para que alguien fuera a recoger todo aquello.

–Vete a la cama, Lily. Mañana será un día largo.

–Me gustó el hombre que conocí en Nueva Orleans, aquél con el que pasé unos días –dijo después de unos segundos–. ¿Dónde está? Porque no me gusta mucho el príncipe heredero.

Nico tragó el nudo que se le había formado en la garganta. ¿Tan diferente era cuando estaba en palacio? Se sentía más constreñido, pero no había pensado que su personalidad se viera tan afectada.

–Soy el mismo hombre –dijo sin girarse.

–Me gustaría que eso fuera verdad. Pero no puedo creerlo.

Unos segundos más tarde, oyó el sonido del papel arrugándose, mientras ella se ponía de pie y caminaba. La puerta se cerró y lo siguiente que se oyó fue el cerrojo.

Al día siguiente hubo mucha actividad y Lily agradeció la distracción. Estuvo ocupada probándose vestidos para el encuentro que tendría lugar esa noche en la residencia de los Romanelli en Monteverde. A diferencia de su viaje a París, esta vez eran aquellas mujeres las que acudían al palacio para atenderla. De vez en cuando, Gisela llevaba a Danny, que no dejaba de entretener a aquellas mujeres con su vocabulario ininteligible. Lily se sentía satisfecha cada vez que le decían que el pequeño se parecía mucho a su padre.

Cualquiera que tuviera ojos podía adivinar que él era el padre del niño. Seguía enfadada con Nico por negarse a corregir lo que publicaban los tabloides. Cuando trabaja en el *Register*, la gente no dejaba de enviar rectificaciones y el periódico las publicaba.

Había querido llegar a ser periodista, pero ahora sabía que eso era imposible. Después de la noche anterior, se había dado cuenta de que no tenía la capacidad para serlo. Parte de lo que decían los periódicos era cierto, como que su madre era alcohólica y que había sido una stripper, pero nunca habría sido tan desalmada como para publicarlo.

Después del tiempo que había pasado trabajando en el *Register*, había llegado a creer que todos los periódicos y todas las historias eran como las que se publicaban en su ciudad. ¡Qué inocente!

No entendía por qué Nico no quería luchar en aquella batalla, especialmente teniendo la razón de su parte. No le importaba lo que dijeran de ella, pero sí lo que dijeran de Danny.

Se había enfadado mucho al leer aquellas mentiras. Aquella mañana había pedido que le llevaran los periódicos. Había pensado que Nico habría dado órdenes para que no lo hicieran, pero al cabo de unos minutos, una doncella le había llevado un montón de periódicos. Ya no aparecían tantos artículos sobre ella, aunque sí había fotos de Nico y ella montando en moto.

Después de hojearlos, los tiró a la papelera. Había dejado de tener intimidad y tendría que acostumbrarse.

Se hizo de noche sin que viera a Nico en todo el día. Cuando se fue a la cama la noche anterior, había cerrado la puerta con llave. Se había enfadado, pero no había contado con que la ignorara completamente. Había pasado una noche solitaria entre las sábanas, deseando al hombre al que amaba y del que había empezado a pensar que no era como creía.

Se había casado con ella por Danny. No era tonta y sabía que ésa era la verdad. Pero le había dolido mucho oírselo decir. Había pretendido aislar su corazón, aprender a vivir con él sin enamorarse, pero había fallado.

Y ahora estaba pagando por ello. ¿Era así como su madre se había sentido durante todos aquellos años? Quizá, pero no estaba dispuesta a convertirse en la clase de mujer que había sido su madre. Danny era su prioridad. A Nico no le importaba, así que no iba a desperdiciar su energía sufriendo por él.

Cumpliría con su deber, pero eso sería todo. Iría a Monteverde y sonreiría como si fuera la princesa más feliz del mundo.

Después de vestirse, se quedó esperando a Nico en el salón. Se había puesto un vestido plateado, que se ajustaba a sus curvas desde el pecho hasta los tobillos. Llevaba además unos guantes blancos hasta los codos y una tiara de diamantes en la cabeza.

Cuando Nico entró en la habitación, su corazón dio un vuelco. Estaba muy guapo con su uniforme de la marina de Montebianco. Aunque llevaba el fajín y las medallas, esta vez no había espada.

–*Sei bellissima, principessa.*

Lily entrelazó sus manos temblorosas. Ese día había recibido lecciones de protocolo, pero tenía que admitir que estaba nerviosa.

–Gracias –dijo bajando la vista al suelo.

No podía mirarlo y pretender que todo iba bien.

–¿Estás lista para esto?

Lily levantó la cabeza.

–Sí. Cumpliré con mi deber, Nico.

Los ojos de Nico brillaban. ¿Sería de culpabilidad o de resentimiento? Quizá de ninguna de aquellas cosas.

Le ofreció el brazo y ella lo tomó. A continuación se dirigieron al helicóptero que los esperaba. Estaba empezando a creer que no lo conocía, a pesar de lo que habían compartido.

Se había casado con él por el bien de Danny. Pero si el deber lo requería, ¿se divorciaría de ella igual de rápido?

Capítulo 10

SEGÚN se enteró Lily en el vuelo hacia la capital de Monteverde, había tres reinos que antiguamente habían sido un solo país. Más de mil años atrás, tres hermanos habían decidido dividir el país a la muerte de su padre. Montebianco, Monteverde y Monterosso eran ahora gobernados por los descendientes de aquellos hermanos, aunque había pasado tanto tiempo que apenas había lazos familiares entre ellos.

Montebianco y Monterosso mantenían buenas relaciones diplomáticas desde hacía más de cien años. Pero Monteverde era un caso aparte, puesto que era gobernado por un tirano que controlaba el acceso de sus súbditos a las noticias, a Internet y al exterior. Era una sociedad cerrada, pero tenían muchas cosas que ofrecer si establecían un comercio libre. El rey de Monterosso se negaba a negociar con el rey Paolo y Montebianco era el pacifista de los tres. Según explicó Nico, unas buenas relaciones beneficiarían a todos.

Lily no se había subido nunca a un helicóptero, pero tenía la sensación de que aquél no contaba. El interior era tan lujoso como el del avión privado.

—Casarte conmigo lo ha echado todo a perder, ¿verdad? —preguntó cuando Nico terminó de informarle de la política regional.

—Desde luego que no le ha gustado a Paolo —contestó sin cambiar su expresión.

Lily se preguntó si estaría arrepentido de la decisión de casarse con ella, pero no se atrevía a preguntárselo. La noche anterior se había enfadado mucho y prácticamente le había dicho que su vida habría sido mejor si no la hubiera obligado a casarse.

Aun así, no estaba segura de que eso fuera cierto. Sí, habría tenido su independencia, pero no habría podido ser la clase de madre que había sido últimamente, capaz de pasar todo el tiempo que quisiera con su bebé. Habría seguido trabajando para tener un hogar que darle, mientras el pequeño habría pasado la mayor parte del día en una guardería. Aunque Nico le había quitado muchas cosas, también le había dado otras. Si le decía que estaba arrepentido, no sabría muy bien cómo asumirlo.

Miró por la ventanilla y vio las luces de la ciudad que destacaban en la oscuridad. Una vez llegaron al castillo del rey de Monteverde, los seis escoltas bajaron del helicóptero antes que Nico y Lily y tomaron sus posiciones. Nico bajó primero y ayudó a Lily a descender.

Un hombre vestido con una chaqueta blanca y pajarita se acercó a ellos.

—Bienvenidos, Altezas –dijo haciendo una reverencia.

Lily se mordió la parte interior del labio y siguió a Nico. Tenía que tranquilizarse y superar esa noche y el inevitable encuentro con la princesa Antonella, antes de volver a palacio y abrazar a su bebé de nuevo.

¿Volvería a cerrar la puerta del dormitorio? ¿O invitaría a Nico a acompañarla? Seguía enfadada con él, pero quizá podrían avanzar en su relación si volvían a conectar al nivel íntimo que habían compartido en la casa de la playa.

—Relájate, Lily –dijo Nico, ofreciéndole su brazo–. Eres la princesa heredera de Montebianco. Tienes un rango superior a todos, excepto al rey. Recuérdalo.

–Quiero que acabe cuanto antes –dijo forzando una sonrisa al pasar entre la gente que esperaba a ambos lados del pórtico.

–Será pronto –afirmó él al entrar al interior.

Se detuvieron frente a una puerta doble y el hombre que los acompañaba le dijo algo a Nico en italiano. Luego, Nico se inclinó para susurrarle algo al oído.

–Van a anunciarnos y entraremos en la escalera ceremonial. Nos detendremos ahí para que los fotógrafos tomen fotos y luego bajaremos. El rey llegará después que nosotros.

Hicieron su entrada, esperaron a que les hicieran las fotos y bajaron la escalera hasta el gran salón, en el que había menos gente de la que había imaginado.

Nico le ofreció una copa de champán. Lily la aceptó, pero no bebió. Quería tener la cabeza lúcida. No tuvieron que esperar demasiado a que llegara el rey Paolo. Era un hombre esbelto, vestido con un uniforme lleno de joyas y medallas. A su lado, había una mujer impresionante.

La princesa Antonella era la criatura más elegante que Lily había visto jamás. Llevaba el pelo recogido en un moño, con una tiara que hacía que la de Lily pareciera de juguete. Vestía un traje de color rubí que resaltaba a la perfección el color de su piel y de su pelo. Caminaba meciendo sensualmente las caderas, con la clara intención de llamar la atención de todos los hombres. Lily deseaba mirar a Nico a la cara para ver su expresión, pero no podía hacerlo porque sería una falta de educación hacia el rey.

En vez de eso, se concentró en la pareja que bajaba la escalera. El rostro de Antonella parecía una máscara gélida mientras que el rey mostraba una expresión arrogante. Por el rabillo del ojo vio que Nico se inclinaba hacia delante y recordó hacer una reverencia.

–Bienvenido a Monteverde, Alteza –dijo el rey Paolo a Nico, ignorándola.

–Estamos encantados de estar aquí, Majestad. Mi esposa y yo os agradecemos vuestra hospitalidad.

–Adelante, os presentaré a algunos de mis ministros –dijo el rey a Nico–. Antonella, ocúpate de entretener al acompañante del príncipe.

Lily los observó marcharse, con el corazón desbocado, y luego se giró hacia la mujer que podía haberse convertido en esposa de Nico.

–*Principessa,* acompañadme.

Antonella la llevó hasta un extremo del salón, en el que había varias mujeres sentadas y que desaparecieron nada más verlas llegar.

Lily se sentó en una butaca frente a su atractiva rival.

–Siento que tenga que hacer esto.

Debía de ser muy duro para Antonella tener que estar con ella en público, sabiendo que todo el mundo estaba pendiente de que se mostrara amable con la mujer que había robado su felicidad.

Antonella alzó su copa de champán.

–Es mi deber –dijo antes de dar un sorbo.

Aquella palabra otra vez. Lily estaba empezando a odiarla. Se quedó mirando a la otra mujer. Había algo en su maquillaje...

–¿Se encuentra bien?

Antonella se giró en su asiento, ocultándose de las miradas.

–Sí, no es nada –contestó en tono confidencial, llevándose las manos a la mejilla–. Di un mal paso y me llevé una puerta por delante.

Era posible, pero Lily no se lo creyó. Aun así, el cardenal que había debajo del ojo de Antonella no era asunto suyo. Lo ocultaba bajo el maquillaje, aunque de cerca era posible adivinarlo.

¿Quién la habría pegado? ¿Su padre? La idea horrorizó a Lily.

Antonella parecía incómoda, así que Lily cambió de tema. Estuvieron unos minutos charlando educadamente y Lily se fue tranquilizando.

–¿Vuestro hijo ya habla?

–Sí, bastante.

–Algún día me gustaría tener un bebé.

Lily se mordió el labio y se inclinó hacia delante. No sabía si decir algo, pero decidió que tenía que hacerlo, al menos para su tranquilidad.

–Siento si te he causado daño. Pero fue Nico el que decidió ejercer de padre de su hijo.

–¿Le quieres? –preguntó Antonella.

Si había llegado tan lejos, no podía hacer otra cosa que ser sincera.

–Sí, le quiero.

–Entonces, me alegro por ti. Estar enamorado es algo extraordinario. Me gustaría estarlo por un hombre algún día –dijo Antonella esbozando una sonrisa sincera.

–¿No estás enamorada de Nico?

–Cielo santo, no –contestó.

Lily sintió que se le quitaba un peso de encima. ¡Antonella no amaba a Nico!

–Pareces muy contenta –dijo la princesa, sonriendo una vez más.

–Tengo que admitir que lo estoy. Pensé que había estropeado todos tus sueños.

Pero ¿y Nico? ¿Había estado enamorado de Antonella? Pensaba que no, pero no estaba segura.

–Antes estuve comprometida con Gaetano. Pobre hombre. Eligió su camino y eso es algo que todos queremos hacer, aunque no con un final tan trágico. Cuando Gaetano murió, mi padre negoció mi boda con Nico.

Lily recordó su conversación con Antonella en París. Le había dicho que parecía que sólo servía para ahuyentar novios. Ahora lo entendía.

–Encontrarás a alguien –dijo Lily–. Ocurrirá cuando menos te lo esperes.

–No estoy tan segura. Quizá el amor no sea para mí –dijo Antonella frunciendo el ceño–. Ten cuidado, Lily. El príncipe Nico es guapo y agradable, y lo sabe. Sabe cómo hacer que las mujeres se enamoren de él. Y también sabe romper corazones.

–Yo... Sí, lo sé –dijo retorciendo las manos sobre su regazo.

Antonella la tomó de las manos.

–No quiero entristecerte. Eres una buena chica, pero Nico es un hombre amargado. No te lo diría si no supiera la verdad. Tuvo una relación con una de mis compañeras de colegio, hace algunos años. Ella esperaba que le propusiera matrimonio, pero Nico encontró otra mujer y la dejó. Eso es lo que suelen hacer esa clase de hombres.

–¿Esa clase de hombres? –repitió Lily, sintiendo que el corazón se le encogía con cada palabra.

–Es un príncipe, dotado de un buen físico y un título. Confía en mí, tengo un hermano. Pero no te inquietes, Lily. Quizá Nico se acostumbre al matrimonio y te estoy preocupando por nada.

–No, tienes razón. Sería una ingenua si pensara de otra forma.

Lily dio un sorbo a su champán porque necesitaba hacer algo. La bebida ya no estaba fría y las burbujas habían desaparecido.

¿Qué esperaba? Hacía casi dos semanas que se habían casado y apenas dos días que habían empezado a tener sexo. ¿De veras pensaba que sentiría por ella lo mismo que ella por él? ¿Que la fascinación por su cuerpo era algo más que la excitación de estar con una amante nueva?

Hasta la noche anterior, Nico había dicho todo lo correcto, halagándola y disfrutando sus encuentros. Pero ¿era ésa la manera de construir una relación verdadera? Sin Danny, todo aquello no tendría sentido. Nico no se habría molestado en ir a verla a la cárcel si no hubiera llevado una fotografía de su bebé con ella.

Antonella miró por detrás de Lily y su expresión pasó de la confusión al horror. Lily se giró para ver qué estaba pasando. Un grupo de hombres uniformados y armados con rifles se dirigía hacia ellas. Antonella se puso de pie. Lily hizo lo mismo más por instinto que por otra cosa, sorprendida cuando la otra mujer se colocó ante ella como para protegerla con su cuerpo.

–¿Qué queréis? –preguntó Antonella a los hombres.

–*Scusi, principessa Antonella* –dijo un hombre alto que parecía ser el líder del grupo–. Tenemos órdenes de llevarnos a esta mujer.

–Esta mujer es la princesa heredera de Montebianco. Debes de estar equivocado.

–No, *principessa,* no estoy equivocado.

Nico estaba sentado en el despacho privado del rey, escuchando su teoría de unos unificados Monteverde y Montebianco obligando a Monterosso a unirse. Era entretenido, pero sin sentido. Aquel hombre tenía unos modos despóticos y unas ambiciones que no eran buenas para su país, especialmente si de verdad pretendía llevar a cabo sus planes.

Nico había conocido a algunos de los ministros, que no eran más que marionetas del rey. Luego, Paolo había insistido en que fueran a su estudio para compartir una botella de vino y hablar.

O más bien, escuchar.

Nico estaba deseando marcharse. Miró su reloj. Un minuto más y pondría alguna excusa, iría a por su esposa y volvería a casa. Ya llevaba allí dos horas y Paolo todavía no había accedido a ninguna de sus propuestas para volver a poner en marcha el tratado comercial.

Quizá Nico no estaba en su mejor momento. Desde su discusión con Lily la noche anterior, se sentía perdido. Había deseado echar la puerta abajo y hacerle el amor hasta que gritara su nombre, pero había sido incapaz. Le había dicho que su vida había empeorado después de obligarla a casarse con él. En respuesta, había querido decirle que era él el que se había complicado la vida. Había tenido que justificarse ante su padre, ante aquel hombre insoportable que no dejaba de exponer teorías sobre alianzas futuras y ante sí mismo, ya que había empezado a preguntarse si había hecho lo correcto o no.

No quería que un hijo suyo tuviera que soportar una vida como la que él había tenido, pero ¿había sido necesario casarse para cuidar de Danny? ¿Podía haber encontrado otra manera de hacerlo?

Ya estaba bien. Había hecho lo correcto, lo único que podía hacer. Lily aprendería a ser una princesa y Danny crecería siendo heredero al trono.

Un hombre entró y le dio a Paolo un papel, inclinándose para susurrarle algo al oído. Paolo sonrió.

—Príncipe Nico. Parece que hemos atrapado a un ladrón.

—¿Un ladrón? Qué extraordinario.

—De hecho, esta ladrona es extraordinaria —dijo Paolo esbozando una malvada sonrisa—. Siento informaros de que la mujer que os acompaña esta noche forma parte de una red internacional de robo de antigüedades.

Nico se puso de pie justo en el momento en el que entraban varios hombres armados.

—Si le habéis hecho daño... —dijo con los puños cerrados, mirando al rey a la cara.

¿Cómo había podido ponerla en peligro llevándola hasta allí? Debía de haberse negado a pesar de lo que su padre o Paolo querían.

—Esto es lo que vas a hacer: te divorciarás de esa mujer y te casarás con mi hija, como debías haber hecho desde un principio.

—¿Os habéis atrevido a encarcelar a mi esposa? ¿Me estáis amenazando? ¿Pretendéis provocar una guerra, Paolo?

—¿Estaríais dispuesto a entrar en guerra por una mujer?

—No por una mujer, sino por una cuestión de soberanía. Insultáis a mi país con esta agresión contra la princesa heredera.

—Os casaréis con mi hija —dijo Paolo, dando un puñetazo en la mesa—. He trabajado muy duro para que mis planes se vean frustrados por alguien como tú. Si no hacéis lo que te digo, mataré a los dos.

Nico estuvo a punto de romper a reír hasta que se dio cuenta de que Paolo hablaba en serio. Aquel hombre estaba desequilibrado.

Podía resistirse, pero ¿qué conseguiría? Si accedía a hacer lo que Paolo quería, podría salvar a Lily. La había puesto en peligro y tenía que liberarla.

—Muy bien, Majestad. Pero antes, quiero ver a Lily. Quiero que me garanticéis que será bien tratada.

El que aquella celda fuera más cómoda que la de Montebianco no le era de consuelo.

Lily se rodeó con los brazos, en medio de la suntuosa habitación. Era una de las habitaciones de palacio en la que en vez de puerta había rejas.

Un hombre le había dicho que había sido arrestada por su conexión con una red internacional de ladrones. La idea era ridícula, pero allí estaba.

Lily contuvo las lágrimas. Todo aquello era un error. Tenía fe en que Nico lo arreglara. No permitiría que su esposa fuera hecha prisionera por el monarca del país vecino.

Antonella había intentado protegerla, pero los guardias habían cumplido las órdenes. Al final, Lily había accedido a que se la llevaran, segura de que era un error que sería aclarado.

Cuando vio aparecer a Nico, se sintió aliviada.

—Nico, ¿que está pasando? Sácame de aquí.

Vio la furia en su rostro antes de que se apartara y apareciera el rey Paolo.

—Ya la habéis visto. Ahora, volved a casa y divorciaros de ella.

—Dadme vuestra palabra de que no le haréis daño o no hay acuerdo.

—Nico, ¿qué está pasando?

Él la ignoró. ¿Por qué se mostraba tan frío? ¿No le preocupaba que estuviera en una celda? ¿De veras estaba en tratos con aquel hombre?

Aquella posibilidad la estremeció. En más de una ocasión le había dicho que Montebianco estaba por encima de todo. Si tenía que sacrificarla por su país, sabía que lo haría.

—No se le hará daño alguno. Por cierto, quizá se me haya olvidado mencionar que pronto tendré a vuestro hijo bajo custodia. Lo digo por si tenéis idea de incumplir nuestro acuerdo.

El corazón de Lily se detuvo.

¿Cómo podía preocuparse por sí misma cuando su bebé estaba en peligro? Deseaba estrangular a aquel hombre.

–Si hacéis daño a mi hijo, yo misma os mataré –juró Lily.

–¿Amenazando la vida del monarca? Eso es tan grave como andar con ladrones.

–Bastardo mentiroso.

–Lily, ya es suficiente –intervino Nico.

–¿Cómo puedes permanecer tan tranquilo cuando este hombre está amenazando a nuestro hijo? –preguntó Lily aferrándose a los barrotes–. ¡Decidme ahora mismo qué habéis hecho con mi hijo!

–La niñera es una muchacha muy dulce, ¿verdad? Y tiene su precio. Todo el mundo tiene un precio, ¿verdad, Alteza? –dijo dirigiéndose a Nico.

El mentón de Nico se tensó, pero no dijo nada. Lily deseaba gritarle, hacerle reaccionar. No había hecho nada ante la prensa y ahora no iba a hacer nada para detener a aquel rey malvado. ¿Qué clase de hombre era?

–Sí, todo el mundo tiene un precio –repitió Paolo–. El mío es que os caséis con mi hija y la hagáis vuestra reina.

Lily sintió como si el suelo se hundiera bajo sus pies y se agarró a las rejas para sujetarse.

–Os dije que lo haría –replicó Nico–. Pero quiero que me devolváis a mi hijo inmediatamente. Sin él, no hay trato.

Capítulo 11

EN ALGÚN momento durante la noche, un grupo de hombres encapuchados provistos de máscaras, gafas de visión nocturna, auriculares y armas entraron en la celda y redujeron a los dos guardias. Una voz le ordenó que se apartara y antes de que se diera cuenta, las rejas se habían abierto y uno de los hombres la había tomado en brazos.

Lily no tenía ni idea de quiénes eran ni dónde la estaban llevando, pero deseaba que fuera a algún lugar seguro en el que reunirse con su bebé.

Los hombres salieron al exterior y un helicóptero negro descendió con las puertas abiertas. Unos segundos más tarde, el aparato escapaba en mitad de una ráfaga de balas.

El helicóptero era muy ruidoso y era imposible hablar. Lily trató de soltarse del hombre que la había salvado, pero no pudo. A continuación, se quitó la máscara.

La sorpresa de Lily duró un segundo. Luego, le dio una bofetada.

La ciudad tenía el mismo aspecto que el día anterior, pero nada era igual. Lily no quería hablar con él. No podía culparla. Estaba sentado en su mesa, mirando al vacío. No podía concentrarse en los papeles que tenía delante. Los hechos de la noche anterior habían sido espeluznantes. Había querido estrangular a Paolo con sus propias manos, aunque eso habría supuesto sentencia de muerte para ambos.

En vez de eso, una vez había salido de Monteverde, no había perdido tiempo en planear el rescate de Lily.

Se levantó bruscamente y se dirigió al cuarto del niño. Sabía que la encontraría allí. No se había apartado de su hijo desde que regresara. Él tampoco había querido apartarse de él, pero su presencia parecía molestarla, así que de momento lo respetaría.

Danny estaba en su cuna durmiendo. La imagen de su hijo abrazado al dinosaurio lo emocionó. Si la niñera no hubiera decidido hacer lo correcto, habría perdido a su esposa y a su hijo.

Un movimiento llamó su atención y se giró. Lily estaba sentada junto a la ventana, mirando hacia fuera, con un libro entre las manos.

–Liliana –dijo sintiendo una mezcla de emociones.

–Vete.

–No.

Ella no dijo nada más, simplemente se quedó mirando por la ventana. Nico se acercó a ella, le quitó el libro y se sentó en frente.

–Por favor, no me toques.

–Te pido disculpas por lo que ha pasado. No debería haberte llevado a Monteverde. No confiaba en Paolo, pero no creía que estuviera tan loco. No te hizo daño, ¿verdad? –preguntó y ella negó con la cabeza–. Siento que pensaras que había aceptado su plan, pero era la única manera...

–¿Cómo había llegado hasta Gisela?

–Tiene un hermano que en el pasado perteneció a una banda. Desapareció hace unos días, seguramente por órdenes de Paolo. A Gisela le ofrecieron dinero y devolverle a su hermano si entregaba a Danny. En vez de eso, decidió acudir ante las autoridades para denunciarlo.

Había hecho bien, puesto que Paolo los hubiera matado a ambos una vez hubiera tenido a Danny en su poder. Los hombres de Nico habían encontrado al hermano de Gisela y ahora estaba libre.

–Me alegro de que todo haya salido bien. Danny es tan sólo un bebé y quiero que lleve una vida normal. Me da miedo que pueda estar siempre en peligro. ¿Cómo puedes vivir así? Espera, no me lo digas. Es el deber.

–Nada así había pasado antes.

–Pero eso no quiere decir que vuelva a pasar. ¿Y si algo nos ocurriera? ¿Qué pasará entonces con Danny? Y no me digas que los reyes cuidarán de él. No creo que pudieran hacerse cargo ni de un pez.

–No pasará nada, Lily. Hemos arrestado a los ladrones y hemos recuperado muchos objetos. Era una banda de Monteverde y Paolo estaba detrás de todo el asunto. Todo ha acabado.

–Quizá por esta vez, pero ¿y la próxima?

–No habrá próxima vez. Paolo estaba desesperado, *cara*. Había llevado a Monteverde a la bancarrota y un acuerdo con Montebianco era su último recurso. Su hijo lo ha desafiado y parece que lo va a apartar del poder. Entonces, el proceso de recuperación comenzará.

–Cosas así no pasan en mi país –dijo y se rió con amargura–. Hasta anoche, no tenía ni idea de que pertenecieras al ejército y de que pudieras ponerte en peligro en una operación de rescate.

–¿Pensabas que el uniforme era simplemente una forma de lucimiento?

–No sé qué pensaba. Pero lo que sé es que odio estar aquí –dijo y los ojos se le llenaron de lágrimas–. He sido desdichada desde que llegué aquí, o mejor dicho, desde que te conocí hace dos años –añadió y se llevó las manos a los ojos–. Dios, he sido una idiota por relacionarme contigo.

–Entonces, ¿por qué lo hiciste? Debiste entregarte a otro, casarte con él y formar una familia en la casa de tus sueños.

–Me habría gustado que así fuera. Habría preferido que Danny fuera hijo de otro.

–Lily, mírame por favor –dijo y esperó a que lo hiciera–. Debería haberte dicho aquella noche quién era. Quizá no debería haberte hecho el amor, pero lo cierto es que no me arrepiento. Cuando supe que eras virgen, que yo iba a ser el primero, debería haberme detenido. La primera vez es especial, sobre todo para una mujer. Tenías derecho a saber a quién te estabas entregando.

–Demasiados *debería*. ¿Conseguiremos llevar una buena relación?

–¿Alguien lo consigue?

–Cuando hay amor, sí. Pero tú no me amas y yo tampoco a ti –dijo ella sin mirarlo.

Sus palabras le dolieron más de lo que esperaba. Su vida era más feliz desde que Lily formaba parte de ella, pero ¿era eso amor?

–Te admiro, Lily. Tienes coraje e integridad. Eres la madre de mi hijo y de los que vendrán. Tendremos una buena vida juntos.

–Pero con el tiempo te cansarás de mí. Y entonces, volverás con tus amantes y tu vida desenfrenada.

–No quiero a nadie más que a ti –protestó él.

–Ahora, pero eso cambiará.

El llanto de Danny los interrumpió. Lily se acercó a la cuna, tomó al niño en brazos y se giró, dirigiéndole una fría mirada.

–Vete, Nico. No quiero seguir hablando contigo ahora.

Mucho después de que Nico se fuera, Lily seguía deseando salir a la terraza y gritar con todas sus fuerzas. Quizá así se sintiera mejor. La noche anterior se había quedado ronca cuando Nico se había marchado de la celda y luego no había parado de llorar pensando que estaba condenada a permanecer allí. Había pensado que Nico la había sacrificado por su país. Todavía no entendía por qué se había arriesgado participando en la operación de rescate.

Observó a Danny jugando con un coche de bomberos y deseó abrazarlo con fuerza. Ya lo había hecho varias veces y el pequeño se agitaba cada vez que se le acercaba. Nico había enviado a una nueva niñera, una mujer mayor de sonrisa cálida, pero Lily se negaba a retirarse a descansar.

Su vida no había sido normal desde el momento en que llegó. Había hablado en serio cuando se lo había dicho a Nico, aunque quizá había exagerado al decirle que deseaba que Danny fuera hijo de otro. Tan sólo quería una vida normal para su hijo y para ella. ¿Era eso pedir demasiado?

No era un mal hombre. Era un hombre decidido a hacer lo correcto. Se había casado con ella para que Danny tuviera un padre y tenía que admitir que había sido un acto noble.

Al descubrir la existencia de Danny, se había quedado sorprendido. Desde entonces, había hecho todo lo posible por cuidar de ambos. No era el mujeriego irresponsable que describía la prensa.

Estaba enfadada con él y con ella misma, pero se había equivocado al cargar contra él del modo en que lo había hecho.

Aun así, a pesar de lo que sentía por él, sabía con toda seguridad que no podía llevar la clase de vida que pretendía darle. No podía compartir su cama, amarlo y dar a luz a sus hijos sabiendo que él no sentía lo mismo. Por eso había mentido y le había dicho que no lo amaba.

No quería acabar siendo como su madre, rehaciendo su vida una y otra vez por culpa del hombre al que no podía dejar de amar, a pesar del modo en que la trataba.

Lily no quería acabar igual.

–*Signora* Cosimo, ¿puede cuidar de Danny?

–Sí, *mi principessa*.

Lo había estropeado todo.

Nico soltó el bolígrafo y apoyó la cabeza en las manos. ¿Por qué al intentar hacer lo correcto, había vuelto a equivocarse?

Se había equivocado al llevar a Lily allí. Era guapa y alegre y quería mucho a su hijo. A punto había estado de perderlos a ambos porque los había puesto en peligro. No estaban acostumbrados a aquella vida. Danny era pequeño y podía aprender, pero ¿era justo obligar a Lily a hacer algo que no quería?

Él amaba a su hijo. Y aunque sus sentimientos eran confusos, sabía que sentía algo por Lily.

¿Cómo podía haber sido tan egoísta como para pedirle que dejara su vida por él? ¿No había otras soluciones? Él tenía dinero, poder y la posibilidad de viajar cuando y donde quisiera. Si la dejaba marcharse, ¿podrían arreglarse las cosas?

No quería dejar que se marchara. Una parte de él no quería que saliera de su vida y que se convirtiera en la esposa de otro hombre. Pero después de todo lo que había pasado, debía dejar que eligiera. Se merecía algo mejor de lo que hasta el momento le había ofrecido. Se merecía ser feliz.

A regañadientes, Nico descolgó el teléfono.

—Liliana.

Lily se dio la vuelta, sintiendo una mezcla de dolor y alegría como cada vez que él entraba en la habitación.

Lo había buscado por todas partes, pero su asistente le había dicho que se había ido. Cansada, por fin se había acostado a dormir. Una vez se despertó, se había duchado y cambiado. Luego, se había sentado en la terraza a ver las luces de un crucero en la distancia. Aunque todavía no había anochecido, el sol se había puesto.

—Te he estado esperando —dijo ella—. Anselmo me dijo que habías salido.

—Sí, tenía muchas cosas que hacer —dijo entregándole una carpeta antes de sentarse frente a ella.

—¿Qué es?

—Espero que la respuesta.

—¿La respuesta a qué?

—Firma esos papeles, *cara,* y nuestro matrimonio habrá terminado.

—¿Es una broma?

—En absoluto —dijo abriendo la carpeta y ofreciéndole un bolígrafo—. Firma y podrás irte.

Lily sintió ira, miedo y desesperación.

—Vas a quitarme a mi hijo. Ya te dije que no lo dejaría.

—Por supuesto que no. Se quedará contigo.

Lily lo miró. ¿Estaría en su sano juicio?

—No tiene sentido, Nico.

–¿No? Es sencillo, tesoro. Compartiremos la custodia de nuestro hijo, como hacen muchas otras parejas divorciadas. Sigue siendo mi heredero y cuando crezca tendrá que pasar más tiempo en Montebianco. Pero tendrás una casa aquí y podrás estar con él.

–¿Te divorcias de mí, pero quieres que me quede en Montebianco?

–Voy a darte un millón de dólares y más si en el futuro lo necesitas. Puedes comprarte una casa en cada continente si lo deseas. Pero te pido que pases tiempo en Montebianco para que nuestro hijo conozca sus orígenes.

Lily se quedó mirando el bolígrafo. Le estaba ofreciendo todo lo que podía esperar. Danny estaría bien y tendría un padre. Lo adecuado era firmar.

–Si estás embarazada...

–No lo estoy.

Se quedó mirándolo largos segundos, sin saber qué esperar. Una lágrima rodó por su mejilla. ¿Esperaba que le confesara su amor?

Lily se acercó a la mesa y otra lágrima cayó sobre la firma de él. Rápidamente firmó, dejó el bolígrafo y apartó los papeles.

Capítulo 12

NICO no se dio cuenta de los efectos de lo que había hecho hasta muchas horas después, cuando entró en el cuarto del niño y lo encontró vacío.

Ahora su hijo ya no estaba allí, sonriendo y balbuceando, dispuesto a que lo tomara en brazos.

Se quedó junto a la cuna, mirando el vacío. Danny se había ido y eso lo entristecía. Había disfrutado mucho teniendo a su hijo en brazos.

¿Cómo se las había arreglado para dejar que se fueran? Sentía una mezcla de rabia y pena. Había hecho lo correcto. Le había dado a Lily la libertad para encontrar la felicidad con alguien a quien amara. Se merecía una vida tranquila y le había dado la oportunidad para encontrarla. Ella estaba por encima de todo.

Había sido feliz con Lily y Danny. Lily era la única mujer que parecía haberse interesado más por el hombre que por el príncipe. De hecho, le había dicho que no le gustaba el príncipe y que prefería al hombre que había detrás. Se había entregado a él cuando no sabía quién era y creía que era un estudiante extranjero.

Lo amaba. Nico contuvo la respiración al caer en la cuenta y se sintió angustiado. Nunca se lo había dicho con aquellas palabras, pero lo sabía. ¿Cómo había estado tan ciego? Le había mentido y la había creído. Le había dicho que no lo amaba porque no le creía capaz de hacerlo.

¿Por qué no le había dicho él la verdad? Lo cierto era que la amaba. Lo era todo para él. Cuando Paolo la apresó, había pensado que se volvería loco y que mataría a aquel hombre con sus propias manos. Su seguridad había sido su principal preocupación. La suya y la de Danny. Habría dado su vida por ambos si hubiera sido necesario, dejando a un lado el deber.

Estaba enamorado de la mujer con la que se había casado, la mujer que había criado a su hijo sola. La había dejado escapar pensando que quería libertad y que sería más feliz sin él.

Nico se frotó el pecho, sin poder dejar de sentir un vacío. La había dejado ir porque quería enmendar su error de hacer que se casara con él.

Se había equivocado de nuevo.

Salió corriendo de allí en dirección a su despacho. Era muy pronto y no había dormido, pero tenía mucho que hacer. Esta vez, haría las cosas bien.

Al final, había sido fácil dejar su vida en Montebianco y regresar a Port Pierre. En el aeropuerto, no había dejado de pensar que Nico aparecería para decirle que se había equivocado y que quería que se quedaran.

Pero el avión despegó sin vuelta atrás. Había elegido volver a Port Pierre porque era un sitio conocido, pero no tenía ni idea de dónde terminaría. Quizá se fuera a vivir a París, aprendiera francés y conociera a un hombre con el que sentar la cabeza. Aquella idea le resultaba extraña. Era más rica de lo que nunca había soñado, pero se sentía miserable y triste.

Cuando aterrizaron en Nueva Orleans, Lily se quedó en un hotel del Barrio Francés. Necesitaba preparar su vuelta a Port Pierre. Tenía que encontrar una casa lo suficientemente grande para acomodar a la niñera y al equipo de seguridad que Nico había mandado con ella. Había pensado que los escoltas regresarían a Montebianco, pero no. Danny era un príncipe heredero al trono y necesitaba seguridad.

Lily llevaba cuatro días en la ciudad, retrasando cada mañana su vuelta a Port Pierre. Fue a ver a su madre al centro de rehabilitación. Donna Morgan tenía buen aspecto y había engordado un poco. Incluso preguntó por su nieto, cosa que le sorprendió a Lily. Al despedirse, Donna le pidió que le mandara fotos y que volviera a visitarla. Era la primera vez en años que su madre mostraba interés.

Al sexto día, Lily alquiló un coche e hizo el recorrido hasta su ciudad natal. Port Pierre seguía igual, aunque parecía que todo había cambiado. Ya no podía volver a trabajar en el periódico. Ahora, ella era noticia.

Fue a visitar a Carla, algo que le resultó extraño. Su amiga había comprado la casa histórica en el centro de Port Pierre que siempre le había gustado y la había reformado con el dinero que Nico le había pagado. Carla se disculpó una y otra vez, a pesar de que Lily le dijo que la entendía. El encuentro hizo que se sintiera aún más sola. Algo había cambiado entre ellas y sabía que su amistad nunca volvería a ser igual.

Lily regresó a Nueva Orleans más confundida y triste que nunca. Lo superaría, pero le llevaría un tiempo.

Por la tarde, una fuerte tormenta cayó sobre la ciudad. Cuando terminó, decidió irse a pasear por las calles mojadas. Necesitaba quemar energía, tomar una decisión sobre lo que hacer a continuación, y había decidido hacerlo esa tarde.

Nueva Orleans seguía siendo una ciudad vibrante. Evitó la decadencia de Bourbon Street y eligió recorrer la más elegante Royal Street. Ahora podía entrar en cualquiera de aquellas tiendas y comprar lo que quisiera. Estaba acostumbrada a una vida sencilla, con la excepción de las dos semanas que había sido princesa heredera de Montebianco.

Continuó paseando y decidió que había llegado el momento de regresar al hotel. En un parque, vio un hombre caminar hacia ella y se detuvo. Le recordaba a Nico. Al fondo, el río Misisipi brillaba dorado bajo la luz de la puesta de sol.

Cuando volvió a reparar en el hombre, su corazón se aceleró. Le llevó unos segundos admitir con los ojos lo que su corazón ya había reconocido.

–Liliana –dijo él sacando las manos de los bolsillos de sus vaqueros y quitándose la capucha.

–¿Qué estás haciendo aquí? –preguntó estupefacta.

Todos los recuerdos se le vinieron encima y sintió la necesidad de sentarse, así que se acercó a un banco del parque.

Nico se acercó, pero no se sentó junto a ella. Su rostro se veía tenso y tenía ojeras bajo los ojos.

–Quiero que te cases conmigo.

Si le hubiera dicho que se unía a un circo, no podía haberse sorprendido más.

–Pero acabas de divorciarte de mí. ¿Por qué iba a querer pasar por lo mismo otra vez?

–Porque me amas.

–¿Cómo te atreves a venir aquí y manipularme de esa manera? –preguntó Lily, levantándose del banco–. ¿Qué pasa, Nico? ¿Te has dado cuenta de que has cometido un error y nos quieres de vuelta?

–Sí –respondió él sin dudarlo.

No tenía fuerzas para enfrentarse a él.

–Nos apartaste, nos dijiste que nos fuéramos.

–Me he arrepentido desde entonces. Me equivoqué.

–No puedo hacer esto, Nico. No puedo soportar los altibajos de una vida contigo.

–Los altibajos pueden ser excitantes, ¿no?

–No puedo hacerlo –repitió.

–Te quiero, Lily. Quiero que Danny y tú volváis conmigo a Montebianco. Os protegeré a ambos con mi vida.

–No puedo –dijo ella conteniendo un sollozo–. ¡No es justo! No puedo soportar una vida contigo, pero ¿cómo vivir sin ti?

Se dio la vuelta para marcharse, pero él la sujetó antes de que diera un paso, la hizo apoyar la mejilla en su pecho y la abrazó. Su corazón latía con tanta fuerza como el de ella. De pronto, Nico la apartó y tomó su rostro entre las manos.

–Te quiero, Lily. ¿Me oyes? Te quiero.

Lily sintió que las lágrimas corrían por sus mejillas.

–No lo dices en serio. Se supone que has de enamorarte de alguien como Antonella...

–Nunca. Te quiero. No hay ninguna mujer como tú. Eres guapa y brillante y me amas.

–Nunca lo he dicho.

–No tenías que hacerlo. ¿No te das cuenta? Eres la única que me conoce de verdad. Eres la dueña de mi cuerpo y de mi alma. Si me dices que no ahora, lo respetaré. Pero moriré poco a poco cada día que no estés conmigo.

–Déjalo ya, Nico, no puedo soportarlo.

–Es cierto, tesoro. Te adoro y adoro a nuestro bebé. Quiero volver a tenerte en mi vida.

–Yo también lo quiero, Nico, pero ¿cómo puedo estar segura de que no cambiarás de opinión?

–Lily, ¿no me has oído? Te quiero. No puedo imaginarme con otra –dijo tomándola por los hombros–.

Me dijiste que nunca habías deseado a nadie más que a mí. ¿Crees que no conozco mi corazón como tú el tuyo? Dime que me quieres, dime que te casarás conmigo.

—Han pasado seis días.

—A las pocas horas de que te fueras, me puse en camino. Pero mi padre tuvo un ataque al corazón y...

—Oh, lo siento.

—Está bien, *cara*. Las medicinas enseguida disolvieron el coágulo, pero tuve que ejercer de regente mientras permanecía convaleciente.

—El deber.

—Sí, no puedo negarlo. A veces, tendré que cumplir con las obligaciones del deber. Pero nunca lo antepondré a tu felicidad.

—Lo entiendo, Nico. Una de las cosas que más admiro de ti es tu dedicación a hacer el bien.

—Me ha llevado un tiempo arreglar esto —dijo y se puso de rodillas—. Cásate conmigo, Liliana. Tengamos hijos. Dime que sí y hazme feliz.

—¿No deberías darme un anillo?

—Sí, pero es demasiado ostentoso y ya he aprendido la lección. Toma —dijo sacando el anillo del diamante azul—. Será temporal hasta que podamos ir a una joyería y elegir juntos el más adecuado.

Lily observó el anillo.

—No, éste es perfecto. Es el que me diste cuando dije que sí a tu propuesta. No podría permitir cambiarlo.

—¿Así que aceptas casarte conmigo?

—Sí —dijo rodeándolo por el cuello y besándolo.

—Estoy loco por ti, Lily —dijo besándola.

Cada vez que la tenía cerca, no podía negar que su cuerpo la deseara.

—¿Quieres que vayamos a mi hotel?

—Me encantaría.

Continuaron recorriendo las calles hasta que se detuvieron en un hotel barato.

—Es el mismo.

—Y la misma habitación —dijo él sonriendo.

Una vez dentro, se arrancaron desesperadamente la ropa, deseando volver a unir sus cuerpos. No les dio tiempo a llegar a la cama. Nico la acorraló contra la pared y la penetró mientras ella lo abrazaba con las piernas. Hicieron el amor con urgencia y poco a poco el placer se fue intensificando hasta que alcanzaron la cima.

Luego, se separaron, respirando entrecortadamente.

—Me sorprende que recordaras la habitación.

—Este sitio es muy especial, *cara*. El futuro rey de Montebianco fue concebido aquí.

—Y quizá, si tenemos suerte, su hermano o hermana.

—Cumpliré con mi parte todas las veces que estimes necesarias.

—Me temo que una noche no será suficiente. Tendremos que seguir intentándolo una y otra vez.

—Hasta que acabe extenuado. Vivo para servirte.

—Te quiero, Nico Cavelli. Aunque seas un príncipe.

Epílogo

VOLVIERON a casarse en Montebianco. Esta vez fue una boda de Estado, retransmitida por televisión y con cobertura mundial. Donna Morgan estaba muy elegante y, aunque no había terminado la rehabilitación, hacía progresos día a día.

Lily había conseguido llevarse bien con la prensa local. Había creado una oficina de relaciones públicas donde cada semana se reunía con miembros de los medios de comunicación. Enseguida se habían encariñado con ella y había conseguido controlar su imagen y la de su familia.

Cuando Nico le preguntó dónde quería pasar su luna de miel, respondió sin dudarlo: en la casa de la playa. Pasaron los días haciendo el amor, jugando en la playa con Danny y disfrutando de la mutua compañía. Incluso volvieron a la cueva, esta vez de picnic, y terminaron lo que habían empezado la vez anterior.

Una tarde, Lily salió de la ducha después pasar un rato delicioso con su marido en la cama y se encontró a Nico sentado en el suelo con su hijo. Danny estaba de pie, frente a Nico, abrazado a su dinosaurio y diciendo algo.

–No sé qué dice.

–Yo tampoco, Nico.

Danny miró a Lily, antes de volver su atención a Nico.

–*Babá* –dijo lanzándose al cuello de Nico–. *Babá.*

–¿Acaba de decir...

–Sí.

–No llores, Lily –dijo él poniéndose de pie–. Las princesas no lloran –añadió y la besó–. Eres mi felicidad. Los dos lo sois.

–Los tres –lo corrigió.

–¿Es cierto? ¿Estás embarazada?

–Creo que sí, aunque todavía tengo que hacerme pruebas.

–Métete en la cama –le ordenó.

–Nico, acabamos de salir de la cama.

–Métete en la cama enseguida. Te traeré la cena y...

–No estamos en la Edad Media. No hay inconveniente en que me mueva por la casa. ¿Quién sabe? Puede que incluso pueda hacer el amor.

–Muy bien, pero nada de montar en moto.

Lily rió.

–Creo que estoy de acuerdo con eso.

Fue rechazada por romper las normas…

La ingenua Phoebe Brown se enamoró del magnate Jed Sabbides después de que él la conquistara, la invitara a cenar y se acostara con ella. Pero cuando le anunció que estaba embarazada, Jed se quedó horrorizado. ¿No comprendía que para él ella sólo era una distracción agradable? Por desgracia, Phoebe perdió al hombre que amaba y al bebé…

¡Increíblemente, años más tarde, Jed descubrió que Phoebe tenía un hijo que se parecía mucho a él!

El hijo oculto del magnate

Jacqueline Baird

Acepte 2 de nuestras mejores novelas de amor GRATIS

¡Y reciba un regalo sorpresa!

Oferta especial de tiempo limitado

Rellene el cupón y envíelo a
Harlequin Reader Service®
3010 Walden Ave.
P.O. Box 1867
Buffalo, N.Y. 14240-1867

¡Si! Por favor, envíeme 2 novelas de amor de Harlequin (1 Bianca® y 1 Deseo®) gratis, más el regalo sorpresa. Luego remítanme 4 novelas nuevas todos los meses, las cuales recibiré mucho antes de que aparezcan en librerías, y factúrenme al bajo precio de $3,24 cada una, más $0,25 por envío e impuesto de ventas, si corresponde*. Este es el precio total, y es un ahorro de casi el 20% sobre el precio de portada. !Una oferta excelente! Entiendo que el hecho de aceptar estos libros y el regalo no me obliga en forma alguna a la compra de libros adicionales. Y también que puedo devolver cualquier envío y cancelar en cualquier momento. Aún si decido no comprar ningún otro libro de Harlequin, los 2 libros gratis y el regalo sorpresa son míos para siempre.

416 LBN DU7N

Nombre y apellido	(Por favor, letra de molde)

Dirección	Apartamento No.	
Ciudad	Estado	Zona postal

Esta oferta se limita a un pedido por hogar y no está disponible para los subscriptores actuales de Deseo® y Bianca®.
*Los términos y precios quedan sujetos a cambios sin aviso previo.
Impuestos de ventas aplican en N.Y.

SPN-03   ©2003 Harlequin Enterprises Limited

Sólo temporal

ANN MAJOR

Había sido una locura acostarse con
Alicia Butler. Su padre era responsable
de que Jake Claiborne hubiera perdido
una fortuna, y cualquier relación con
ella iba a convertirse en portada de la
prensa sensacionalista. Pero Alicia se
había quedado embarazada, y él estaba
decidido a asumir su responsabilidad.
La única opción posible era casarse
con ella y confiar en que el escándalo
fuera mitigándose... aunque entre tanto la pasión entre ellos se reavivara.

*Estaba dispuesto a casarse
con el enemigo*

¡YA EN TU PUNTO DE VENTA!

**Los hombres como Marc Contini no perdonaban…
se vengaban…**

Cinco años atrás, Ava McGuire dejó a Marc y se casó con el mayor enemigo de éste en los negocios, causando un gran escándalo. Pero nadie sabía que la habían forzado a dar el «Sí, quiero». Ahora sólo tenía deudas y otra proposición escandalosa.

Marc quería a Ava en su cama durante todo el tiempo que él deseara…

Amante para vengarse
Melanie Milburne

Amante para vengarse

Melanie Milburne